Egon Oetjen

# Datt Schlitzohr

ISBN 3-8311-2033-1
Alle Rechte, einschließlich der für Bild und Ton, vom Verlag vorbehalten
Eigenverlag Egon Oetjen 26160 Bad Zwischenahn Peterstr. 7
Tel & Fax 04403-58932
e-mail buchautor@egonoetjen.de
Web: http:/www.egonoetjen.de
Herstellung: Books on Demand GmbH Norderstedt

Egon Oetjen

# Datt

# Schlitzohr

**Geschichten ut datt Läben van
Oma Herta und Opa Hermann**

**To´n Läsen, Vertellen und Tolustern**

Eigenverlag

Ut´n Inhalt

# Vörwurt.

Immer, wenn ick in mien Kindheit Opa und Oma besöken woll, so segg ick in'n Huus blot: „Ick föhr noh Oma He – He!" Denn wussen miene Öllern, wo ick to finden weer. Denn Oma He – He weer'n Begriff!

Herta und Hermann, mien Oma und Opa und natürlich de beiden Hauptpersonen in disse Geschichten. Ganz reelle und wohrhaftige Minschen, also nich blot irgendwie erfundene Personen.

Oma Herta leewt vandoogen immer noch in de Näh van Twüschenohn und is rüstig und mobil at eh und je. Opa Hermann is leider 1996 in'n Öller van 82 Johr sturben.

Beide, Opa wie uk Oma, weer'n miene beiden besten Geschichten – „Lieferanten" und ick hepp immer seggt, datt besünners Opa datt „Schlitzohr van de Nation" wähn is. Till Eulenspiegel, Graf Luckner oder anners wecke Fantasiepersonen in use Literatur, harr'n van em noch ne ganze Menge leeren konnt.

Datt weer'n jedoch feine Tööch, de Opa uthecken de. He passte immer op, datt blot kien Een nich to Schoden komen de. He beseet eenen unheimlich deepen Humor, denn he uk bit to sien Dood nich verloren hätt.

He freite sick at so'n lüttjet Kind, oder man seggt jo uk, he freite sick at so'n Schnieder, öwer Dinge, de jemand anners tostött weer'n, konn sick allerdings ober öwer Soken, de em sülms passeerten und öwer de de Annern lachten, ganz düchtig argern. Insteeken weer'n Fremdwurt för em.

Betonen woll ick noch, datt all de Geschichten, de ick hier opschreeben hepp, de Wohrheit sind und nix hintodicht wurden is. Manchmol hepp ik so verschiedene Soken bäten „verschönert" und „verfeinert", mehr ober nich! Blot manche Personen, de ick hier beschreeben hepp, heppt'n annern Nomen krägen.

So, at datt hier beschreeben is, so schnackten Oma und Opa uk mit'nanner. Blot wenn een van us Kinner komen de, schnackten se hochdüütsch mit us. Datt hörte sick domols so!

Datt Buurenhuus, wo de Beiden domols wohnten, steiht vandoogen nich mehr. 1998 hätt man datt afreeten und dör'n Neeboo ersett. So manchet Mol mööt ick noch an datt feine Huus trögdenken, vör allen Dingen in'n Sömmer so bi dartig Grod in'n Schatten. Denn weer datt nämlich bi Oma und Opa in't Huus immer so fein köhl. Op de Dool sind wie immer blofoot in denn schmärigen Lehm rumstapft. Ober so is datt eben, vandoogen is veel, veel schlecht, watt old is!? För mi hungen an datt Huus jedenfalls feine Erinnerungen.

Ick mark 't woll all, ick koom in't Schwärmen. Naja, datt draff man jo woll. Bevör ick datt ober to dull utdehn, lest man bäter disse Geschichten und Beleewnisse van Oma Herta und Opa Hermann.

Ditt Book hepp ick uk in hochdüütsch ruutbrocht. Dor heet datt ober „Faustdick und weitere abstehende Ohren". Blot in ditt Book, watt op veelfachen Wunsch nu in Platt vör jo licht, hepp ick noch wietere lustige und spoßige Geschichten rinstellt.

Na denn, veel Spoß und los geiht' mit de erste Geschicht'.

## Heeten Tobak.

Us Opa mooch sien Piep wirklich geern. Rein ver-
narrt weer he in datt ole Ding. Datt geev Doog, dor keem
disse Piep noch wiet, wiet vör Oma. De wünschte he näm-
lich manchmol sonst wo hen. Ne, ne, nich so, wie ji nu
meent, in'n Groden und Ganzen mooch he us Oma woll,
to'n Bispill immer denn, wenn datt watt to Aäten geev. Al-
so, in disse Beziehung haar Oma fix watt los. Dor mokte ähr
so gau nümms watt vör.

Suuerkruut und Stampkortuffeln, Afken mit'n an-
ständig't Stück Speck oder Grönkohl mit Kookwuss, Pinkel
und Kassler Buuk. Alle datt mooch Opa Hermann an Oma
Herta.

Blot, ick segg datt jo all, so manchet Mol verfluchte
he se uk, jedenfalls so'n lüttjet bäten. Se haar nämlich 'ne
Marotte, se mooch absolut kienen Qualm. Eben dorum, wiel
immer, wenn Opa mit sien Piep in'ne Wohnung rumstunken
hett, alln's no dissen fürchterlichen Qualm rüken de. Und,
nich to vergäten, Omas Gardinen und Vörhänge harn jo am
meisten to liern ünner dissen Qualm, obwoll, witt weern de
olen Dinger, de noch ut de Johren Achtteihnhundert-scheet-
mi-dood stammten, nie wähn. Ober datt weer jo egol. Wööt
wi ober mol ganz ehrlich wähn, wenn Opa so twüschendör
an siene afkaute Piep trucken hett und datt denn so klung, at
schlürf sick'n Schwall Woter dör'n Gootensteen, ne, ne, al-
so, datt weer wirklich nich fein.

So haar Opa eenes gooden Doogs Rookverbot in't
Huus, watt soveel heeten de, datt he bi jedet Wäär ruut
moss. Ganz gliek, ob datt nu kolt oder warm weer, ob datt
stürmte oder schneete, ganz egol, Opa muss vör de Dör.

Wie so'n räudigen Hund stunn he denn buten, wenn he'n Piep vull Tobak schmöken woll. Vörbie weert denn mit de Gemütlichkeit.

Fröher, jo, dor weer datt noch fein wähn. Obends keem 'n Buddel Beer op'n Disch, jo, jo, Opa moss nich inne Wirtschaft, dor pass Oma all vör op. Und denn, so an besünnere Doog oder, wenn Opa mol so rech watt doon, sprich: arbeiten moss, geev datt uk noch'n lüttjen Kööm dorbie.

***

So gung datt fast jeden Obend. Disse Urgemütlichkeit haar man woll in ditt Huus pacht. Man seet tohoop in de grode Wohnköök und vertell sick watt. Allns, watt man so an'n Dag beleewt haar, keem obends op'n Disch.

Bit äbend an'n dissen eenen verdüwelten Obend. Oma haar wor rümmeckert, haar sick all denn ganzen Dag opreegt öwer Gott und de Welt, ohn datt jemand wuss, weswägen und weshalb. In'n Rohmen van Omas verbalen Rundumschlags keem uk Opas Piep mit op de Verbotsliste und ob em datt nu passen de oder nich, in'n Huus regierte man blot een Person und datt weer Oma Herta. No ähr Wurt haar uk he sick to richten.

Af disse Tied stunn Opa nun to'n Schmöken buten in de lüttje Siedeldör, de in'n Gorden ruut ging. Wenn allerdings de Sünn schienen de, seet Opa uk op de ole Holtbank furs links um de Eck und leet sick de Sünn op'n Kopp brennen.

Dor seet he denn, de Ellenbogens op de Knee stützt und truck an sien olen Rotzlöpel. He puuss denn Qualm an de frische Luft, so datt man woll meenen konn, dor keem 'ne Lokomotiv dör'n Blomenbeet suusen. In'n lüttje korte Afstänn' truck he denn linken Mundwinkel nch boben, so datt de Qualm twüschen siene Kusen noh buten konn.

So weer datt uk vandoogen wään. Opa weer nu all den ganzen Morgen buten. Wull woll „fein't Wäär" bi Oma moken und haar sick furs noh'n Fröhstück und sien erste Piep in denn lüttjen Gorten begäben. Eegentlich weer datt jo uk Omas Rieck, ober jüss deswägen haar he nu glöwt, siene Hartallerleewste so'n bäten helpen to möten. He haar nämlich veel, veel good to moken.

Watt'n fein't Bild, so'n olet Ammerländer Burenhuus. Woveel Arbeit datt ober mokte, so'n Huus in'n Reeg to holen, weet eventuell woll blot noch de Olen, de in disse Hüüs leewten und wohnten.

Eegentlich haar he jo vörgüstern blot mol ne Tour dör't Dörp moken wollt, mol'n bäten schnacken mit denn Eenen oder Annern. Erfahrungsaustausch nennt man datt jo uk woll. Man wuss jo nie, wenn man so in't Dörp dropen de.

„Ick hol mi blot äben't Paket Tabak, bin furs trög!“, reep Opa in't Huus, in de Hoffnung, datt Oma datt woll hört haar.

De steek ober jüss in dissen Oogenblick mit'n Kopp in'ne Waschmaschin'. Ähr weer'n Strump afhanden koomen. So haar se Opas Roopen natürlich nich hört. „Neemod'schen Kroom, disse olen dummen Waschmaschinen, andauernd fehlt mi'n Strump. Schiet uk, de mött doch irgendwo blewen wähn!“

Oma fluchte vör sick henn. „Hermann!“ Nix nich. Kien Antwurt. „Hermann, kannst du mol komen?!“ Immer noch kien Antwurt! „Hermann, sitt'st du wor op diene Ohren? Kannst du mi viellich mol helpen?“ Omas Stimm' weer nu all twee Oktaven höher und uk'n bäten luuter at sonst. Oh, verdoorigt, und utreekend nu weer Opa nich dor.

Oma klapper mit ähre Holschen los. Haar 'n mächtigen Treer op. Haar se ober immer, wenn se mol in Fohrt weer. Denn weer nich good Kirschenäten mit ähr und Opa verkrümel sick denn meist. Töwte af, bit sick Omas Damp wor leggt hett.

Vörn Huus nix, astern Huus nix, in'n Stall nich und uk nich in'n Gorten. Opa Hermann weer eenfach nich dor.

Noh teihn Minuten geev Oma de Söök noh em op. „De is bestimmt wor noh Meyers Jan röwer, dormit se sick wor gägensietig de Hucke vullöögt. De ollen Kerls, brükt man se mol, sind se nich dor!“

Also, mit Meyers Jan haar Oma 'n Vulltreffer land', blot mit denn Ünnerscheed, datt de bi Claußen in'ne Kneipe op denn Hocker vör denn eekenen Tresen seet und an sien Köm nippte. Näben em seet Opa Hermann und noch eenen Hocker wieter Ludwig van'n Höstjekamp.

De haar dor all an'n Tresen säten, at Meyers Jan und Opa dor rinstäveln keemen.

De Beiden harr'n sick vör Claußens Kneipe dropen und beschlooten, datt in'n Oogenblick nix nich wichtiger wähn konn, at so'n fein zapftet Beer ut dissen feinen goldenen Zapfhohn, de mitten op Claußens Tresen stunn.

Logischerwies und obwoll de Froonslüe in de wenigsten Fälle dorför Verständnis opbringt, schmeckt so'n fein't Glas Beer nich ohne 'n Kurn dorbie. Dor Jan nu de erste weer, de hier ne Runn' spendiert haar, dröff nu jo uk kiener van de beiden annern datt loten, uk ne Runn' uttogäben.

Nu licht datt allerdings jo uk in de Würze van us Natur, datt so'n Beer erst af datt dritte Glas anfangt, good to schmecken. De ersten beiden Glöös sind to'n anwarmen, so wie bi de Formel een, so'n Warm Up! Segg Opa jedenfalls.

So gung datt denn henn und her mit datt Bestellen. De nächste Runn' gung an Jan, de nächste an Opa und so wieter. Selbstverständlich immer at Lüttje Loog. „Datt bestellt sick bäter und geiht lichter öwere Tung!", seggt Opa. „Probeer datt mol mit datt Seggen. Segg mol Beer oder segg mol Lüttje Loog. Lüttje Loog, datt geiht so fein rund und week öwere Lippen!"

Almut Claußen haar jedenfalls genog to doon. Ständig pendel se twüschen Tresen und ähre Köök hen und her, denn ähre Kinner mossen eegentlich furs ut de School komen und denn moss datt Äten fertig wähn. So blew datt nich ut, datt de Schluckbuddel uk mol alleen öwern Tresen wandern de, so at Solo – Wirtschaft – Tour.

Opa moch jo mit allen Recht hebben, ick weet datt nich, jedenfalls weer so mit datt „goode bestellen" de Zeiger van de Klock, de dor inne Eck stunn, all op de dritte Tohl in Richtung rechte Uhrensiet rückt, also so op 90 Grod Ost, at Opa Hermann versochte, mit all recht scheefe Schnut eenen normolen und klor verständlichen Satz ruuttokriegen.

„Du, kiek, kiek, kieses mol äben, weer datt nich juss äben erst Klock teihn?" Verflixt, de teihn weer ober stur uttospräken, denn bi datt Wurt flütje datt immer twüschen siene falschen Kusen. „Is jo gediegen", dacht Opa noch. Weer datt anners uk all so wähn? So för sick probeerte he datt noch'n poor Mol, ober ohn datt Flütjen gung datt nich. He geevt op.

„Hermann, watt murmelst du di in'n Bort?", frogte Ludwig, „häääst du watt seggt?" Uk bi em weer datt all recht stur mit' Schnacken. Opa schüttkoppte und winkte af. He kunn datt nich begriepen.

Oma keem em in denn Sinn. De haar jo eventuell all datt Middagääten klor und eventuell töwte se uk all op em? Möglich? Konn jo woll wähn!

De Afkensopp weer koolt und Oma wer heet, denn se harr'n puterroten Kopp, at Opa Punkt Klock halv fief mit ganz starken Rechtsdrall in de Köök rinnstüern keem. Vörher haar he allerdings all buten op sien Bank säten und haar versocht, sick foffteihn Minuten lang sien Piep antosticken. Krampfhaft haar he sick dorbie öwerleggt, watt he Oma woll at Entschuldigung vördrägen kunn. Bi beiden Sooken weer ober uuter'n verbrennten Finger nix reell't ruutkomen.

Ohne watt to seggen, datt weer ditt Mol man blot van Vördeel, marschierte he mit'n ondulierten Gang, so good at' gung, in de ole Gesindekoomer. Manchmol leegte he sick dor Middags schlopen, wenn he sick mol verpusten moss. In de Eck stunn för alle Fälle so'n old Iisenbett mit 'ne quietschende Feddermatratze. Dorup leet he sick fallen und versochte noch, de ole Steppdääk, de dor an't Footend leeg, to griepen und öwer sich to trecken. Mit feine todeckte Fööt und krumm at so'n olen Hering schleep he so bit an nächsten Morgen.

Gägen Klock veer keem he denn schlotternd vör Küll in sien Bett krupen. Oma haar güstern Obend noch kort, bevör se in'n Bett gung, to em rinkeeken. Jüss to disse Tiet haar Opa denn Hals wiet open stohn und fung mit gewaltig Radau inne Bude dicke Fleegen.

Nu allerdings, morns Klock veer, weer datt umgekehrt. Oma leeg dor in ähr dicke't kugelige Koppkissen ünner ähr dicke Bettdääk und schnarchte at so'n Berserker. Mit Seekerheit haar se bestimmt all fief Festmeter Holt kort und kleen soocht.

\*\*\*

Güstern Morgen haar Opa sick denn tämlich froh, so unmittelbor noh't Fröhstück, watt man blot ut'n Tass Koffee bestunn, wechschleeken. Mit'n gehörigen Brummkösel und Oogen, man kunn woll denken, de hörten to'n Meer – Swien, haar he sick doran mokt, de ole Schürendör uttobätern. Disse harte Arbeit weer op jeden Fall bäter, at Oma vandoogen in de Quer to koomen. Viellich weer datt jo ober uk'n Mittel, um ähr denn gooden Willen to bewiesen. Denn se haar em all siet öwer'n Johr mit disse ole Dör inne Ohren leegen.

At Oma denn mit'n korten, knappen „Middag!" to'n Ääten reep, nu geev datt übrigens de Afkensopp van güstern, haar Opa versocht, se mol so in'n Vörbielopen antokomen. So at ersten lichten Kontakt. Blot mol kieken, wie datt Wäär is!

Datt reengte immer noch, denn Oma haar nich mol smüstert, uk nix segg hett se, nich mol denn Soppenschleev haar se em röwerschoben. Nix!

Oh, datt weer nich good.

Ohne de sonst übliche Middagsstunn haar Opa sick denn furs wor an'ne Arbeit mokt. De häusliche Reegen hett denn uk bit obends anholen. Duerreegen weer ansecht. Sülms biet Obendbrot reengte datt inne Köök und Oma Herta beet mit tohoopkneepene Kusen in ähr Brot.

Harte Tieten.

„Viellich ward jo morgen bäter!?", dacht Opa noch, at he in't Bett gung. Nohdem he noch ne ganze Tiet wachlägen und versocht haar, mit Oma 'n Gespräch antofangen, ober nich wuss, wie he datt anfangen scholl, dreihte he sick mit'n deepen Seufzer op de rechte Siet und schleep in. Dor haar he de Sook doch woll'n bäten öwertrucken.

***

Nu seet he all siet'n fröhen Morgen koppöwer inne Wuddeln und vertruck de, so datt de mehr Platz to'n Wassen harn. Dorbie leet he de beiden Doog Revue passeern, ohn datt he jedoch to irgendeen Ergebnis keem. Uk datt he mit siene groden Fööt de Stöcke twüschen de Afken scheefdrückte, markte he nich. Erst at Oma datt Fenster openmokte und 'n bäten luuter at gewöhnlich reep: „de Afken!", dreihte he sick üm.

Em stunn de Schweet vörn Kopp. Angstschweet? Ne, ne, datt weer bestimmt destillierter Alkohol. He hol sien Taschendook ut de Tasch und drögte sick de Stirn.

Oma haar em all ne ganze Tied dör't Fenster tokeeken und em sogor 'n bäten beduert. So'n bäten Mitleid haar se jo woll mit em, wie he dor at so'n Häufchen Elend inne Wuddeln seet. „Ober", dacht se so, „loot wi em noch'n bäten schmoren!".

At se nu datt nächste Mol ut'n Fenster kieken de, weer Opa nich mehr dor. De nämlich mokte erst mol ne korte Pause und haar sick op siene Bank sett. Alln's vör siene Oogen dreihte sick. He haar sick sien Piep stoppt und schmökte nu in Gedanken versunken vör sick hen.

Oma ober haar noch 'ne Marotte. Se weer ganz gewaltig neeschierig, denn nu moss se doch erst mol wäten, wo Opa denn hengohn weer. Ähr Gewääten beruhigte sick erst, at se in de Waschköök gung.

Opa's Bank. So manche Stunn' verbrochte he op ditt goode Stück.

Wieter brukte se nich, um to wäten, wo Opa sick opholen de, denn de Qualm van siene Piep keem er dör de opene Dör entgägenpusten. Oma de so, at sochte se watt und klapper recht luut mit ähre Holschen öwer denn Steenfootbodden. Dorbie dreihte se sick all inne Runn', hoss noch mol kräftig und klapper mit denn olen kupfernen Wäschestamper. Hermann scholl hören, datt se noch dor weer. Denn schufel se wor trög inne Köök.

Opa seet derwiel immer noch op de Bank, truck wie wild an sien Piep, de nu all wor schlürfte und öwerleggte, wie he denn möglichst gau denn Kontakt to Oma herstellen konn.

Nix full em in. Sien Kopp föhlte sick an at so'n oprühmte Bessenkoomer. Verlägen keek he noh ünner und streek sick denn Sand van de Bücks. De bröselte drög op de Eer. Blot an de Kneen weern so'n poor kreisrunde natte, dunkle Stellen. Mit'n Seufzer stunn he op und gung wor trög inne Wuddeln.

Dor haar he nu all wor ne Tiet lang verbrocht und ganz in Gedanken de Wuddeln vertoogen, dor hörte he aster sick'n Geräusch. He dreihte sick üm und seech jüss noch, wie Oma mit ähr 'n bäten to breetet Achterdeel int Huus stürmte. He keek verdattert, wuss nich, watt Oma dor mokt haar. Fast haar he sick ümdreiht und sick mit sien Mors in de Afken sett, denn nu mokten siene Óogen 'ne Entdeckung, de he gor nich vör möglich holen haar.

Op siene Bank stunn datt lüttje, bunte Tablett, watt Oma sonst immer för de Köök in Gebruck haar. Dorup stunn 'ne feine Tass Tee un twee lüttje Kooken weer'n uk noch dorbie. He keek verdattert op sien Armbanduhr. Klock ölben, Teetied.

He kreeg sick jo woll bold nich mehr in. Sien Hart, datt hüpfte wie datt van so'n jungen Pennäler. Ganz opgereegt stunn he op, schüttel' sick denn Sand van'ne Bücks und steewel dör de Reegen hen noh siene Bank.

Dor stunn he nu und keek ungläubig op disse goldgeele Tass' Tee, de hier dampend vör em stunn. „Ick glöw, Herta hett mi doch vergäben", dach he noch so und ohne to öwerleggen, kloppte he sick noch mol denn Rest Sand van de Bücks und leep lachend int Huus. Doch all knapp vör de Köökendör keem Oma em oppe Dool entgägen.

„Ruut noh buten!" Opa stoppte, at weer he vör de Wand lopen. Watt weer datt denn? „Ruut, ick kann di hier nich brüken! Ruut, du schleppst mi blot denn Dreck inne

Köök!" Dorbie drückte se em rückwärts öwere Dool in Richtung Waschköök. Haar nich veel fehlt, denn haar he sick henleggt.

Rinn inne Steeweln, ruut noh buten und hensett.

Rumms! Watt weer datt denn nu? Dor haar Oma doch totsächlich de Dör aster em toknallt. Gott, haar he sick verjogt!

„Na", murmel he, „datt weert denn jo woll und datt man blot wägen datt eene Glas Beer!"

He stoppte sick sien Piep, steek se an, truck'n poor Mol dor an und röhrte denn Tee um. Mit eenen Zug weer de Tass' leer.

„Denn kann ick jo man uttrecken, wenn mi hier sowieso kien een mehr heppen will!"

Opa weer empört. Dormit haar he nu jo wirklich nich reekend. Ebend weer he noch so fröh wään, haar bold mit siene achundsäbenzig Johr noch groden Luftsprung mokt und nu? All datt feine Geföhl weer wech. De ganze Lustigkeit weer nu mit dissen eenen groden Knall verflogen.

Rechschom knatterig op alln's Mögliche und op Oma und untofreern wie nur watt schlurfte he denn langen Weg noh vörn an'ne Stroot. Drupp und dran, alln's hentoschmieten und wor noh Almuth Claußen in de Kneipe to gohn. Viellich haar de jo 'n open'd Ohr för em.

Opa weer vergrellt. Nu mooch he nich mol de feinen Gänseblümchen und denn Löwenzahn, de hier an beiden Sieten stunn und disse Infohrt goldgeel inrohmte. Oh, weer datt'n feinen Anblick!

Ober nich för Opa! Kienen Blick för disse Pracht. Sogor de lüttje Lüntje, de dor an'n Rand seet und sienen Blick op'n Käfer schmeeten haar, kreeg sien Fett wech. Mit'n Foot schoot Opa 'n lüttjen Kieselsteen in Richtung Lüntje, so datt de wechflatterte.

Opa haar nu all fast de Stroot erreicht. „Hermann!" Oma stunn in de Grootdör. „Hermann, Middag is fertig!"

Watt weer datt denn? Opa keek verwundert. „Is jo komisch, datt ick in ditt Huus noch watt to Äten krieg! Hepp ick jo gor nich mit reekend!" He schüttkoppte. So knatterig wie nur watt mokte he sick op'n Weg. An de Grootdör ankomen, kloppte he sien Piep an de Eck van de Müüer ut und steek se inne Bücksentasch. Ruut ut de Steeweln und rinn inne Köök.

Oma seet all an'n Disch, at Opa ringeschlurft keem. He keek, reev sich de Oogen, keek noch mol, keek Oma an, wor op'n Disch, wor to Oma! Oh man, Opa weer rein dörnanner. Nu gung he röwer noh Oma und drückte se. „Oh man, Herta, du bist doch de Beste. Ick hepp datt doch wusst!"

„Jo, jo, jo, jo, jo! Papperlapapp. Nu drück mi man nich so, ick krieg jo bold kien Luft mehr. Sett di man henn und ät. Loot di 't good schmecken!"

Op'n Disch stunn Opas Leibspeise. Suuerkruut und Stampkortuffeln. Mittendrin 'n Stück Speck und feine Wuss. He sette sick an Disch und grinste at so'n Hönnigkookenperd. Opa weer glücklich!

„Hermann, segg mol, häst du watt an diene Bücks? Du rückst so streng!" Omas Nääs kunn man nich öwerlisten.

„Nee", antwurt he, „nich, datt ick wöös, viellich heppt ober jo de Katten irgendwo 'n Hoopen hensett und ick bin dor mit miene Bücks dörrobbt! Wer weet?"

„Na, egol, lang man düchtig to. Häst di datt jo reell verdeent!" Uk Oma weer wor tofreern und glücklich.

Jüss, at Opa sick denn Teller vullloden haar, schoot he van'n Disch hoch. At weer he von 'ne Tarantel stoken wurrn, schmeet he denn Stohl noh astern und schlog sick immer wor mit de Hand opp'n Oberschenkel. Oma haar sick so dull verjogt, datt ähr fast datt Stück Wuss in'n Hals steeken blew.

Opa suuste noh buten, sick immer noch mit de Hand op't Been schlooen'd. Erst in'ne Waschköök stoppte he, nähm denn Pumpenschwengel und ruderte und drückte dormit, ich dach all, he woll em afbreken.

Endlich keem datt Wooter mit'n groden, breeten Strohl in'n Emmer scheeten. Ohn to öwerleggen, kippte he denn gesamten Inhalt öwer siene Bücks und in de Bücksentasch, de nu all gewaltig qualmte.

Opa holte deep Luft. Oh, weer datt ober 'n Erleichterung! Dor haar he woll sien Piep nich recht utkloppt, denn de restliche Glut weer erst biet Hensetten rutfullen und haar sien Bücks in'n Brand sett.

At Andenken an dissen Dag haar Opa ne grode Brandbloos op sien Been. Datt Ääten schmeckte ober immer noch, obwoll datt nu jo all wor afköhlt weer und, watt ick noch seggen woll, Opa haar Oma an dissen Dag jo Bäterung versproken und versocht, se nich mehr so dull to taagen, watt manchmol ober nich immer, ganz good klappte. Denn, und datt mööt de Froonslüe een för allemol verstohn, Döss ist eben doch schlimmer at Heimweh!

## Watt.

Wenn ji mi froogt, Watt us Allerweltswurt is, denn segg ick: WATT! Ditt Wurt kanns't för alln's gebruken.

Weet ji öwerhaupt, WATT WATT is? Watt, jo datt is äben't WATT. Ut datt WATT kannst WATT moken.

Wenn een jungen Kerl heiroten will, denn mött he sick WATT söken. Nämlich 'ne junge Dirn, de WATT hett und de WATT kann und de WATT vörstellt und WATT mitbringt. Und wenn he so WATT funden hett, denn hett he seeker WATT. WATT för't Hart, WATT för't Gemüt, WATT för't ganze Läben.

Un denn ward Hochtied fiert. De draff natürlich WATT kosten. Dormit man sütt, datt WATT dor is, denn ji weet jo, dor, wo WATT is, kummt uk noch WATT dorbie.

Und denn geiht datt op Hochtiedsreis, de kost natürlich WATT, ober dor sütt man uk WATT und man beleewt WATT. Dor kann man WATT köpen und WATT mit noh Huus bringen.

Und de Tied geiht wieter. Man schafft WATT, man deit WATT, man beleewt WATT und op eenmol erwartet man WATT. De Noberschoop hett natürlich all lang WATT markt. Siet Wäken seggt de all: Wi glöwt, do kummt bold WATT.

Und denn kriegt se wirklich WATT und denn heppt se uk WATT. Und wenn datt Kind denn in'n Wogen schreit, denn hett datt WATT. Und wenn datt immer noch wieterschreit, denn hett datt bestimmt WATT anners. Viellich hett datt uk WATT in de Windeln.

So, nu is datt Kind all WATT grötter und mött noh School. Dormit datt WATT lehrt, falls de Lehrer mol WATT frogt. Und wenn datt denn WATT nich weet oder mol WATT faschet seggt, krich't viellich WATT op de Fingers oder sogar WATT astern vör.

Wenn de Schooltied vörbie is, goht de jungen Lüe in'ne Lehr. Dormit se WATT lehrt und WATT köönt und WATT verdeent. Und wenn se öller sind, WATT to bieten und WATT to nogen heppt und WATT fieren köönt oder uk blot WATT van ole Tieten vertellen, WATT wi jo geern mögt und WATT wi uk all gern hört. Weer datt nu watt?

# De Proletarier.

Wo geiht di datt, du lütte Jung',
watt mokst du hier denn bloot,
ick roop mi ut'n Hals de Lung',
ick dach, du weerst all dood!

Ach, lütte Jung', so geiht datt nich,
nu pack mol rechschom an,
ick do doch diene Arbeit nich,
nu kiek di doch mol an.

Mööt selber schuften at so'n Peerd,
Akkord ist Mord, datt wesst du jo,
und givvt kien Geld, kummt nix up'n Herd,
leider Gottes ist nu so.

Watt ist denn an di dran, du Wurm,
kannst'n Hoomer nich mol hol'n,
bold kummt vör us de grode Sturm,
denn geihst du op de Sohln.

du geihst vandannen, glöw mi datt,
hesst'n Bidrach denn betohlt?
an's krist du nix ut grode Fatt,
datt Gatt watt di versohlt.

Du bist bi us de jüngste Mann
und möst at Erster gohn,
stoh op, lütt Jung', nu mol ran,
hässte Arbeit, givvt uk Lohn.

De grode Streik keem op us too,
all schreewen se dorvan,
wi ging dor all Mann op de Stroot,
to streiken för'n gerechten Lohn.

Wi heppt us dörsett, man o Mann,
datt weer'n harten Kampf,
de Arbeitgebers at so'n Ramm,
wi dorgägen mit veel Dampf.

De Streik ist nu all lang vörbie,
du büst nich mehr bi us,
du wosst nich hör'n, watt segg ick di,
Rationalisierung, at letzten Gruß.

Nu sittst du hier, nähmt nich to hart,
häst kiene Arbeit mehr,
biet de Tähn tohoop und wääs mol stark,
stoh op, sett di to Wehr.

Stoh op, de Hand to'e Fuss geballt,
de lüttje Mann ist doch de Stoot,
tosomenholn ist us Gewalt,
hoch leew datt Proletariat.

Schreben in
März 1979 in Obernkirchen bi Bückeburg

## Geschenkte Neeigkeiten!

„Hermann, kannst du mol gau herkomen?" Oma stunn inne Grootdör, de noh vörn to de lange Allee in Richtung Hauptstroot ruutgung und reep noh Opa. De Oogen links, de Oogen rechts, Opa Hermann weer narns to sehn. „Wo mach de denn all woll stecken? De weer doch jüss äbent noch hier!"

Oma klapper mit ähre Holschen los, rüm um de Eck in Richtung Siedeldör. „De pafft bestimmt all wor een, anstatt watt to doon. Oh, man, oh man, disse Kerls!"

Klock, klock, klock, klock. De Bodden vibrierte und Oma uk. „De sitt jo woll nich etwa bi Claußen vörn Tresen? Denn kann he ober watt beleewen!"

Oma hörte man all van wieten komen, denn so langsom keem se in Fohrt, wiel se Opa nich finden konn und wenn se mol irgendwatt nich finden konn, klapper datt in'n Huus. Oma und ähre Holschen. Je luuter datt Klappern van ähre Holschen, desto vergrellter weer se.

Dorbie weert nu gliek, ob se sick nu in'ne Köök, op de Dool oder Waschköök oder sick buten opholen de, man hörte Oma immer.

Nu weer se all bi de ole Holtbank anlangt, de näben de lüttje Siedeldör stunn. Schon at se um de Eck bögen keem, haar se sehn, datt Opa dor nich sitten de. Selbstverständlich haar se wichtigeres to doon, at op'n Bodden to kieken und weer in dissen Oogenblick bold öwer'n Kobel full'n, watt dor an'ne Eer leeg. Se stolperte, trudelte mit'n lüttjen Dreih, fung sick ober in'n letzten Moment noch an'ne Eck vant Köökenfenster.

„Watt licht dor denn all wor vör'n Kobel?" Oma bögte sick, greep datt Kobel, um datt ober furs wor fallen to loten. „Watt is datt denn all wor för'n Krom hier? Bestimmt wor van Hermann. Alln´s lett de stohn und leegen, nix rühmt he wech. Mol kieken, watt de woll wor vörn Blödsinn mokt?"

Oma schlurfte noch´n Schreer gauer, immer datt schwarte Kobel nohkiekend, wecket um de Huuseck in Richtung Obstgorden verschwunn.

So seech „Opa´s" Huus ut. Direkt hier ünner datt rechte Fenster, dor weer de Waschköök, stunn fröher mol de ole Bank. Vandoogen is datt feine Huus dör´n Neeboo ersett wurrn.

Opa Hermann. Mit tweeten Vörnomen heet he Wagemut. Haar man jedenfalls meenen konnt, wenn man em hier so stohn seech. Op´n hohet, dorför ober ganz wackeliget Gerüst Marke Eegenboo stunn he und versochte, denn Hoog to scheren.

Eegentlich haar man ditt Gerüst jo mol fotografieren mosst. Omas gesamten Huusrot weer hier vertreern. Op de een Siet de ole Trittletter und op de anner Siet unnen de ole Zinkwann ut de Waschköök, an de Sieten fein edel mit

Backsteen ünnerfüttert, dormit se nich so wackeln de. Boben op haar Opa denn groden Dartig - Liter - Kübel stellt, denn he sonst immer inne Kortuffeln bruken de.

At nächstet leegen dor sess Backsteen, selbstverständlich in'n Krüüzverband. Sowatt is van enormer Wichtigkeit, ann's würd eventuell datt Ganze jo verrutschen. Dor boben op haar Opa denn noch veer ole Footboddenbreer leggt, de krumm und scheef und in sick tämlich vertogen weern. Jo, jo, Murks geew datt hier nich. Nich bi Opa Hermann!

Op dissen neetiedlichen Turmbau zu Babel versochte he nu, denn Turnvater Jahn denn Rang aftolopen. Deep in Gedanken schnibbelte he mit sien Geburtstagsgeschenk, een wunderschöne, elektrische Hoogenscheer, denn wie wild wassenden Hoog.

Opas Geburtstaggeschenk. Sülms utsöken droff he sick datt. Man blot extra deswägen und öwerhaupt hett he sick op sien Krüerkoor sett und is ganz bit in Hauptstadt noh Wiefelsteer föhrt. De gesamte Genossenschaft hett he dorbie rebellisch mokt und op'n Kopp stellt und letztendlich noh 'e lang Söök disse Scheer kofft.

„Woveel Rabatt krieg ick denn?"

„Och, Hermann", meente Fastje's Gerd, „eegentlich is dor jo gor kien Gewinnspanne op. Naja, ober wiel du datt büst und – wenn du bor betohlst! Na, loot mi mol 'is äbend öwerleggen!" He keek bi datt Schnacken boben an de Dääk un de so, at öwerleggt und reeken he. Dorbie kratzte he sick mit de Finger astert Ohr.

„Twee Prozent kann ick di aflooten!", se he noh ne korte Pause.

Opa smüster sick een in'n Bort. „Kerl," dach he so bi't Ruutgohn, „datt sind jo bold veer Lüttje Loogen, die ich hier und nu inspoort hepp!" He weer öwerglücklich.

Gottseidank keem he denn op siene unwohrschienlich schwore Rücktour, mit unwohrschienlich veel Gägenwind, de em jüss dor und anners narns, immer und stetig, wo he sick jüss bewegte, bi Rabe vörbie. Jo, ji weet schon, de Kneipe genau gägenöwer van de Genossenschaft.

Dor kunn he sick erst eenmol stärken. Hermann Rabe schenkte em 'n Schluck und 'n Beer in und Opa weer tofreern.

Noh de circa dreestündige Rückfohrt, an anner Doog brück man jüss halve Stunn' vör disse Tour, keem Opa schließlich in'n Huus an. „Oh, Herta," haar he jüss noch seggen kunnt, „dor weer ober viellich 'n Wind!", at Oma em int Wurt full. „Du verschwinst furs ruut noh buten, an's krist du noch mehr Wind und denn uk van vörn!"

„So," dacht Opa, „datt Schlafuter heppt wi wor aster us!"

Licht düselig in'n Kopp und tämlich wackelig op'e Been stunn he nu dor boben op datt Gerüst und gleek, wenn man em so beobachten de, eegentlich mehr 'n Seiltänzer at so'n Arbeiter.

Plötzlich een kortet, knappet „Hermann!"
Wie konn Oma blot?

Watt man nu to allererst seech, weer 'ne flegende, orangefarbene, elektrische Hoogenscheer. Opa's Geburtstagsgeschenk! Furs asternoh een langtruckenet „Aaa-aah!"

Glieks noch'n Kobel, een kippendet Gerüst und schließlich Opa, de mit'n dreefachen Axel und'n duppelten Rittberger und'n wunderschönen Dreih öwer'n Hoog full. Denn weer he Omas Oogen entschwunden.

Blot'n luutet Klatschen. Platsch! Datt hört sick uk so an, at schlog dor irgendwer Schuum. Uk'n Walross weer dor ganz in de Näh. Hörte sick jedenfalls genau so an.

„Mistdreck!, Schietdreck! Verflucht!" Opa schimpte.

„Hermann fehlt di watt? Wo büst du denn?" Oma weer jo manchmol so'n lüttjet bäten infältig. Wo scholl Opa denn woll wään? Eegentlich harr se sick datt bi ähre dumme Frogeree jo denken konnt.

Opa Hermann ünnernähm nämlich jüss in dissen Oogenblick denn Versök, ut denn Groben ruuttokrupen. Weer gor nich so eenfach, denn erstens weer de recht breet und deep, so rund tweeundhalv Meter und annersiets weer datt gliektietig de natürliche Grenze to Meyers Jan siene Weide. Tweetens weer ditt wunderschöne Gewässer de ideole Tummelplatz för Oma Hertas Göös und Oonten. Och, watt 'ne Idylle! Weer datt fein!

„Schietdreck! Verdoorigt noch mol!" Haar Opa eventuell schimpt? Wieso datt denn?

„Hermann, fehlt di watt? Oh, Gott, oh, Gott, oh, Gott, Hermann, oh, mien Hermann. Hermann, wo bist du denn? Häst du dull watt afkrägen?"

„Wieso, häss' eenen utdohn?" Opa flachste. In sick weer he ober wütend. „Dumme Dirn!", murmel he sick in denn Bort, so datt Oma datt man blot nich hören konn.

De hörte blot 'n Klatschen, seech ober immer noch nix. Hören konn se Opa ober. De rumorte aster denn Hoog watt rum und versochte, wor op sien Grundstück to komen. He moss ober ganz bit noh'n Enn van Hoog lopen, denn dor harr he vörn poor Johr mol'n lüttjen Steg ut dree glatte, schlanke Pöhl boot. So kunn he uk bi Bedarf mol gau noh Meyers Jan röwerkomen und moss nich ganz de Stroot umtoo bielen.

Jüss at Opa nu wie so'n begotenen Pudel dissen Steg erreicht und sienen Foot dorup sett, hört he ne Stimm ropen.

Harr he man blot noch drop hört und sick umdreiht. Meyers Jan stunn bi sien Huus und lachte und krümmte sick. He stunn dor mit tohoopkneepene Been und lachte und grölte und schlog sick andauernd mit de Hand op't Been.

Seeker haar he Opas Sturz live mitbeleewt und freite sick nu at so'n Schneekönig.

Ich seggt jo all, haar Opa dor man blot nich op hört und henkeeken, denn mit een Steewel rutschte he van disse glatten Pöhl af und .......

5,8,... 5,8,... 5,9. Supernoten!

„Mistdreck, verflucht!" Bit an'ne Böss stunn Opa all wor in disse Brühe und schlog dorbie mit de Hand op't Woter, sodatt datt Oontenkruut in alle Richtungen flog.

At wenn datt so selbstverständlich weer, landete een Deel dorvan uk op Opas Nääs. Watt de ober nix utmokte, denn nu in'n Oogenblick seech Opa ut at Neptun persönlich. Oontenkruut, wohenn man seech.

Nu hangel Opa sick an de Pöhl anlanges und steeg op sien Siet an Land. Datt haar nich veel fehlt und Oma weer luut anfungen to lachen. Se verkneep sick datt ober. Opa humpel noh siene Bank, sett sick henn um ober furs wor optostohn. He gung in de Waschköök, holte sick denn olen Steewelknecht und versochte nu, sick mit Schimpen und Rieten de Steeweln uttotrecken.

Weer jedoch gor nich so eenfach, denn de Fööt sogen sick in ditt Gemisch ut Woter, Strümp und Gummi rechschom fast.

Wutsch! De erste Steewel weer schafft. Mit'n rotet Gesicht und tohoopkneepene Oogen fuchtel he solang, bit endlich uk de tweete Steewel sien Widerstand opgeev und op'n Bodden full.

Opa weer wütend. He kookte!

Mit eene Hand packte he de beiden Steeweln, holte ut und schmeet se mit Wucht op'n Bodden, sodatt datt restliche Woter mitsamt denn annern Steewelinhalt in'n hohen Bogen dör de Luft flog!

Oh, verdoorigt! De Tabak! Opa schoot de Inhalt van sien Büxentaschen in'n Kopp. Siene Tabaksdöös, siene

Piep, siene Knipp. Ach, Gottseidank, weer sowieso nix mehr in!

All sien Utensilien packte he fein säuberlich op de Bank. De Sünn scholl de Soken woll drögen. Nu schlurfte he blofoot int Huus, ne natte, triefende Spur aster sick her treckend.

Inne Waschköök truck he sick de Bücks und Hemd ut, schmeet alln's, so at datt keem, op'n Bodden. Blot sien Unnerbücks behol he an. De landte erst int Bodezimmer op denn Waschbeckenrand.

Rünner unner de Dusch und düchtig inseeept. Oh, verdoorigt, nu weer em uk noch Seep inne Oogen komen. Tatterich wie nur watt sochte he verzweifelt denn Woterhohn. „Wo is de denn blewen?" Rein füünsch tastete he mit sien Hand an de Wand entlang.

„Oh, dor is he jo!" Woter marsch!

„Herta!" Booaaaah! Stockstief at so'n Gardesoldot stunn Opa inne Wann. Fast haar he noch'n Hartschlag krägen, denn mit sien Rumgefummel haar he denn falschen Griff to footen krägen. Iiskoolt Woter riesel öwer em. He weer all to beduern!

„Herta!" Sien Ropen wurd all luuter. „Herta, wo bliffst du denn?" He stampfte mit sien Fööt in Wann rum, reev sick mit de seepigen Hann denn Schuum ut'n Gesicht und versochte, mit hastigen Bewägungen denn Hohn vör datt warme Woter to finden.

Man hörte Oma komen. Datt klapperte!

„Nu mok doch mol Platz! Goh mol biesiet!"

Opa klemmte sick mit sien Achterdeel an de kole Faltwand.

Endlich keem dor warmt Woter. Datt weer aber fein. Woll ne viertel Stunn verbrochte Opa unner de Dusche. Irgendwann keem Oma und brochte em dröge Sooken.

Se grinste.

At Opa Hermann denn schließlich nee antrucken inne Köök gewackelt keem, weer sien Arger mit een eenzigen Blick verflogen, denn op sien Platz stunn 'n groden dampenden Beerkroog.

„Warmt Beer!", meente Oma, „is good gägen datt Verküllen, gägen watt anners is datt nich! Nich, datt du die noch watt inbildst! Prost Hermann!"

## Fondue.

Noh'n Krieg, as in de Stadt alln's kaputt weer, sind Oma und Opa in ähre Landbude trucken. Opa hett dor jümmers watt anboot und so is datt mit de Tied ne rechschom feine Villa wurrn. Und at Opa denn Rentner wurrn is, hett he uk noch 'n groden Windfang dorvör boot, mit Lokus in'n, dormit he nich jümmers noh buten moss.

Op ditt Schiethuus hett Opa denn immer sien Piep rookt, wiel Oma un de Gardinen datt jo nich so afkunnen. Af und to keemen de Kinner to Besök und vertellen denn uk, watt datt all so Nee'et geev und van denn nee'sten Stand van de Technik und watt se sick jüss so anschafft harr'n.

Bi'n letzten Besök vertell'n se, datt se sick'n Fondueapparot kofft harr'n. Datt weer so'n Ding, wo man denn ganzen Obend vörsitten kunn, gemütlich äten, 'n Glas Wien dortoo oder uk'n Buddel Beer, datt weer jedenfalls 'n feinen Krom.

De beiden Olen weern neeschierig wurrn und heppt sick denn so'n Ding van de Kinners schenken loten. De heppt denn uk alln's mitbrocht, denn Pott, de Spirituslampen, Teller, Gobel und Sprit. Sogor Fett, Fleesch und noch'n Buddel Wien.

Nu wulln de beiden Olen datt jo uk furs utprobeern. Opa mokte denn Apparot klor, füll Spiritus op, datt Fett in'n Pott, Oma deckte denn Disch und mokte denn Wien-buddel open.

De Beiden harr'n sick datt so recht fein gemütlich mokt, so at de Kinners datt secht heppt. Datt gung jo uk alln's ganz good, jedenfalls solang', bit Opa sick bi't Fondueren bäten töffelig anstellen de. Een Stück Fleesch weer em van de Gobel full'n, rin in't Fett.

He angel jümmers mit sien Gobel, ober he kreeg datt Fleesch eenfach nich to packen. Dor langte he toletzt mit sien Fingers dor rin.

Ober dor weer watt los. Opa brüll at so'n Stier und reet mit de Hann' denn Pott van'n Disch. Mit de Gemütlichkeit weer't nu jo vörbie. Opa reep man blot noch: Ick loop noh'n Doktor!" und wech weer he.

At he nu wech weer, hett Oma erst mol Inventur mokt. Van'n Disch weer de Politur in'n Emmer, de Dischdääk, de Stohl und uk denn Teppich, alln's weer mit Fett vullspritzt.

Een Glück, datt datt Fett kien Füer fungen hett, denn ann's weer eventuell noch de ganze Bude afbrennt. Van datt Fondue – Äten jedenfalls harr Oma de Nääs vull. Se kippte datt Fett, datt Fleesch und uk denn Spiritus op'n Lokus in Goldemmer. Jüss, at se dormit fertig weer, keem Opa mit'n verbundene Hand van Doktor trög. De Schreck weer em woll düchtig op'n Mogen schlooen, denn he moss erst mol ganz gewaltig ut de Büx.

At he dor nu so op'n Lokus sitten de, stoppt he sick, so good at't gung, sien olen Knösel und hett dissen denn mit'n Rietsticken to'n Dampen brocht. Denn brennenden Rietsticken schmeet he sick twüschen sien Been an denn lüttjen Spoßmoker vörbie in denn Goldemmer.

Rrrrummmms! segg datt! Een Stichflamme schot ut denn Emmer und an Opas Achterdeel vörbie und an sonst uk noch watt. Opa brüllte, at harr'n se em afstoken. He sprung van´n Thron hoch, ruut ut de Dör, denn sien Hemd brenn´de lichterloh.

Oma seech de Bescherung, greep noh´n Emmer in de Köök und goot em teihn Liter Woter vörn Mors. Opa sien Achtersteven seech ut at so´n afbruzelten Oontenmors.

De Doktor schickte em int Krankenhuus, dor heppt se em sien Fohrgestell toplostert. Veerteihn Doog moss he op´n Buuk legen und hett in de Tied doröwer nohdacht, wie datt denn woll angohn kunn, datt de Lokus explodiert weer. Veel loter hett Oma em datt denn vertellt. De Fondue – Apparot steiht nu op´n Spitzböen und is uk nie wor brukt wurrn.

## Gülle.

„Herta, ick föhr los!" Opa reep noch mol kort in´t Huus, truck sick siene Steeweln an und gung noh buten. Gülle moss utbrocht weern. Op´n Buurenhoff ne ganz normole Arbeit, de ober de Lüe ut de Stadt ´ne kruuse Nääs und datt Wiesen van´n Taschendook entlockte.

Rück jo uk wirklich nich fein. Opa freite sick denn uk jedes Mol, wenn he mit sien Güllefatt op´n Acker in de Richtung föhren konn, so datt em de Wind entgägen keem. Denn keem em ditt dolle Aroma nich andauernd inne Nääs.

De Jack, de Bücks und sogor de Huut nehmen sick disset fein´t Aroma an. „Is 4712!", segg Opa immer, wenn mol een frogen de, wieso datt denn so stinkt, „kannst mol sehn, watt een Nummer utmokt!".

All denn ganzen Morgen weer Opa op Tour wähn und haar Gülle op´t Land und op de Weiden brocht. De ole Mc-Cormick tucker so langsom vör sick henn. „Hett mi noch nie in´n Stich loten!", meen Opa, at Nober Wempen Gerd em mol dorup anschnacken de, datt he sich doch irgendwann mol'n nee'n Trecker köpen scholl.

„De hört jo all int Panoptikum, so old, wie de all is!".

„Dor hörst du woll henn, loot du di man utstoppen, du olle Klüterkerl. Loot mi man mit mien Cormick. De leewt noch, wenn du all op dien Oolendeel sitten deist! Kannst woll nich af, datt 't bi Wempen op'n Hoff nich so'n feinen Trecker gifft, oder watt?"

Opa's Trecker. De löppt vandoogen immer noch, obwoll he all noh Meenung van Nober Wempen Gerd de all vör foffteihn Johr in't Museum rinhört harr.

„Och, du olle Giezkrogen, wullt dien Geld denn all mitnähmen? Tööv man, wenn dien Herta erst mol alleen is, denn verpulvert se alln's, watt du tohoopkratzt häst!"

Wempen Gerd schnackte nu mol geern. Oft wuss he alln's anners, nich ober unbedingt alln's bäter. „Kloogschnacker!" segg Opa denn.

***

De nächste Tour. Wor haar he datt Güllefatt opfüllt. Duerte gor nich lang, denn weer datt wor schafft. Opa kletter op denn Trecker, leet sick in denn Sitz fallen, so datt de op und af feddern de.

Kupplung treern, Gang rin, Kupplung langsom koomen loten und .......

„Moin Onkel, was machst du da?"

„Moin August, was willst du denn?" De lüttje Lothar stunn näben denn Trecker und keek hoch. At'n Jung ut de Stadt verleewte he hier ganz in de Näh bi sien Tante de groden Ferien. So'n Buernhoff kenn he man blot ut siene Fibel und so weer ditt nee und fremde Reich tämlich interessant.

„Onkel, darf ich mitfahren?"

„Nee, das geht nicht, August!"

„Ich heiß nicht August!"

„Wie heißt du denn, du siehst doch aus wie August!" Opa neckte em. Selbstverständlich wuss he, wie de Jung heeten de, schließlich speelte de nu fast jeden Dag mit sien lüttjen Enkel Bernd.

Man blot haar de vandoogen kien Tied, moss mit Mama noh'n Kusendoktor. Und datt in'ne Ferien! Veel, veel leewer harr he nu in'n Oogenblick mit sien Frünn speelt.

„Um vier bin ich wieder da, dann spielen wir wieder ober auf dem Boden im Heu!"

„Ok!", haar de lüttje Lothar man blot seggt, haar sick verafscheed und versocht nu, sick alleen de Tied to verdrieben.

Dor stunn he nu vör denn groden Trecker und keek mit denn schmachtenden Blick van so'n Bernhardiner hoch noh Opa Hermann.

„Ich heiß aber Lothar, wieso darf ich denn nicht mitfahren?"

„Ne, das geht nicht, hier oben ist ja kein Sitz für dich und ohne Sitz fällst du eventuell runter und brichst dir den Arm oder das Bein oder die Nase oder die Ohren!"

„Och schade!" Dormit weer de Sook erledigt.

„Kannst ja hinterher laufen und dann nehme ich dich nachher hier bei mir auf den Sitz!"

„Oh, toll, ja!"

Opa tuckerte mit sien Cormick und datt frisch opfüllte Güllefatt los in Richtung Weide. Und so knappe dree bit veer Meter aster ditt Güllefatt leep de lüttje Lothar. He freite sick all op de spannende Fohrt op Opas Trecker. He sprung all van een Been op't anner und lachte.

Loter kunn Opa sick datt gor nich so recht verkloren, wie datt all koomen weer. Urplötzlich haar sick'n groden Schwall Gülle öwer denn lüttjen Sommerfrischler ergoten, obwoll de Hook, de man to'n Öffnen bruken de, unmittelbor vörn bi Opa anbrocht weer.

Opa Hermann schwör ober Steen und Been, datt he op gor kienen Fall dissen Hebel betätigt haar. Nich mol anfoot haar he dissen und all op gor kienen Fall henkeeken. Dor harr he woll Oma Herta drop verwett'.

„Datt weet ick uk nich, wie datt koomen is!", secht he, „eegentlich jo unmöglich, weer bestimmt 'n technischen Defekt!"

De lüttje Lothar weer natürlich jo schreiend noh Huus lopen. An Treckerföhren weer nu jo nich mehr to denken. Und uk Opa Hermann mooch he af dissen Dag nich mehr so at sonst.

Achthundert Meter bestialischer Gestank. Eenen gro-
den Schwarm schwarte Messfleegen aster sick antrecken,
keem he bi sien Tante op'n Hoff lopen. Van Wieten all haar
se und datt ganze Dörp em komen hört.

Gott sei Dank, jedenfalls för alle Anwesenden, de
Schlimmstet befürchteten, geev datt in ditt Huus een
Schwengelpump in Gorten. Dor wurd de lüttje Lothar mit-
samt Jack und Bücks, so wie he weer, ünnerstellt und düch-
tig afspölt.

In den Wohnung keem he erst noh veer Hoorwäschen
und de Tante haar sonst watt drop schwören konnt, datt de
Jung trotz der veelen Wäschen immer noch stunken hett.


### Oma Meyer und de Stohl

Oma Meyer hier ut Twüschenohn, se wohnt hier an
de Peterstroot, gung datt eenes Doogs nich ganz so, wie datt
woll wäsen scholl. Datt zwickte ähr hier und datt zwickte
ähr dor und ähren allgemeen Tostand leet man ganz gewal-
tig to wünschen öwrig. Ähr Öller will ick nu man an disse
Stell nich verroorn, datt deit man bi een öllere Froo nich.
Eens will ich jo ober seggen, ähr Öller weer so hoch, um all
datt nu folgende to entschuldigen.

Disse verdammte Zwickeree breete sick nu eenes
Morgens op Oma Meyer's Dickdarm ut. Also entschlot se
sick, doch mol denn Gang noh so'n Doktor antotreern. Ir-
gendwann haar se jo hört, datt so'n Kerl existieren scholl.

Dor ankomen, haar se Glück, denn all at eene van de
ersten Patienten keem se dran. Glück deswägen, wiel Oma
Meyer eenfach nich töben kunn.

De Doktor unnersöcht se und söcht und söcht, ohn bi
ähr irgend watt konkretes an krankmokenden Symptomen
finden to köönen. Datt zwickte Oma eenfach blot. Dor he

sick an'n Enn van de komplizierte Prozedur immer noch nich schlüssig weer, verordnet he Oma Meyer sien Allgemeinmittel.

Disset Allgemeinmittel bestunn ut een gedehnten und ut deepster Brust koomenden „Tja"! He puuste! „Datt weer doch ganz fein, wenn se mi mol ähren Stohl vörbibringen konnen".

„Jo!", seggt Oma Meyer ganz energisch, „datt kann ick woll. Do. koom ick glieks asternoh und bring mienen Stohl her!"

Oma Meyer schwingt sick wedder op ähr Fohrrad und suust noh Huus. Dor ankomen, steiht Opa all in de Siedeldör. „Na," seggt he, „watt hett de Doktor nu denn seggt?" „Jo, Vadder, ick glöw, de Doktor is so'n ganz bäten tüdelig in Kopp!". „Wieso datt, denn?", frocht he neeschierig. „Jo, stell di vör, he hett to mi seggt, ick scholl em mienen Stohl herbringen. Kann ick gor nich verstohn, denn he hett doch all so veel in siene Praxis rumstohn"!

„Watt?", seggt Opa und schüttkopt dorbie, „du schasst'n Stohl henbringen?"

„Jo", meen Oma, „verstoh ick gor nich!".

„Dor kannst du ober kien van use Stöhl nähmen. Kiek de doch mol an, disse schäbigen Dinger. Ne, ne, denn goh du man no'e Nobers und lehnst di dor'n Stohl!". Watt Oma denn uk mokt. Mit dissen wunderschönen Stohl van ähren Nober suust se wor in Richtung Arztpraxis.

Dor empfangt se de Doktor, indem he sien Hann öwern Kopp tohoopsleit „Oma Meyer", seggt he, „ick meen doch nich denn Stohl, ick hepp doch seggt, se scholl ähren Stohl mitbringen". „Jo, good, Herr Doktor, denn goh ick nu noh Huus und koom furs wor".

Oma schnattert koppschüttelnd noh Huus, wiel se sick absolut kienen Reim moken kann öwer datt, watt de Doktor meent. To Huus ankommen, seggt se to Opa: „Du, de Doktor hett furs markt, datt datt nich use Stohl weer. Watt mook ick denn nu?".

„Naja", meent Opa, „denn sök di hier man denn besten Stohl ut und denn geihst dor wedder hen!".

Mokt und doon und Oma Meyer steiht nu mit denn olen schäbigen Stohl een tweetes Mol in de Praxis. „Oma Meyer", seggt de Doktor nu mit'n ganz luten Tonfall, „ick meen doch nich denn Stohl, ick meen doch denn Stohl, wenn ji morgens van de Toilette koomt!".

„Och so, Herr Doktor", meent Oma nu, „datt harn se jo man glieks seggen konnt. Naja, nu weet ick ober jo Bescheed. Denn koom ick furs morgen froh und bring mieren Stohl".

„Nee, Froo Meyer, datt deit mi nu jo leed," seggt de Doktor, „ober af morgen froh hepp ick nu veer Weeken Urlaub. Furs asternoo köönt se man herkomen!"

Oma verafscheed sick. Nu hett se jo endlich Klorheit und glücklich föhrt se noh Huus.

At nu de veer Weeken vörbie sind, seggt se to Opa: „So, Opa, nu loot us man losgohn. Du nimmst nu de beiden Melkkeedels und ick nähm de beiden Emmers!"


### Een ganz normolen Dag!

„Los, Hermann, nu stoh doch endlich op!" Oma rullte sick op de linke Siet, truck ähre dicke Bettdääk bit öwer de Ohren und mummelte sick in ähr Kissen in. Rech fein seech datt ut, wie de beiden spitzen Enn van ähr Koppkissen steil noh boben stunn. Watt to sehn weer, weer Omas rechte Ohr, mit datt se all siet längerer Tied lusterte, ob Opa sick nu denn woll endlich bemühte, optostohn.

De ober schnarchte all wor. Nicht luut, blot man so'n leis' Zirseln klung dör de Schloopstuuv.

Hüüüü, psssss, hüüüüü, psssss, hüüüüü, psssss.

„Hermann!"

„Hchab, hchab, hchab! Jo, jo, jo! Bin jo all hoch."

Opa schüttelte sick, reev sick de Oogen und keek op'n Wecker. Veer Uhr dartig! Verdoorigt! Ruut ut'n Bett!

Nu moss he sick ober sputen, denn vandoogen weer he dran mit Schwienfooren, Kohmelken und datt uk noch ganz alleen. Denn vandoogen weern ganz besündern Dag. Omas Geburtstag!

Stockdüster weer datt noch und Opa soch noh siene Bücks. He tastete noh denn olen Stohl, wo he güstern Obend siene Bücks henleggt haar.

„Wo is denn blot de ulle Stohl blewen?" Opa rotierte.

„Haaa, verflixt" Aua, aua, aua, tschsch!" Datt weer Opas groden Anton, denn he sick jüss an de ole Frisierkommode stött haar. „Schiet uk!" Leis fluchte Opa vör sick hen.

Rumms! Bingo! Dor weer de Stohl, de mit'n Pultern öwer denn Holtfootbodden rutschte. Endlich, dor weer jo uk de Bücks!

So sinnig at datt gung, versochte he, sick wor op de Bettkant to setten. Een Dreih und schrrrrrr! Datt weern de Huusschoh. Een dorvan weer bit ünnert Bett rutscht.

„Oh, man, uk datt noch!"

„Hermann, watt mokst du dor eegentlich? Kannst du mi datt mol vertellen?" Oma weer nervös.

„Nix! Dreih di man wor um und schloop noch ne Runn!"

Op de Kneen rutschte Opa nu vör't Bett rum und versochte, sienen Huusschoh to finden. Nix. De weer eenfach wech. Lang wie he wer, leeg he nu platt op'n Bodden vör't Bett und sochte nu sienen Schoh.

Oma weer all ganz nervös. Mit zittrige Fingers sochte se denn Schalter van de Nachttischlamp, knipste de an und keek. Wo weer Hermann?

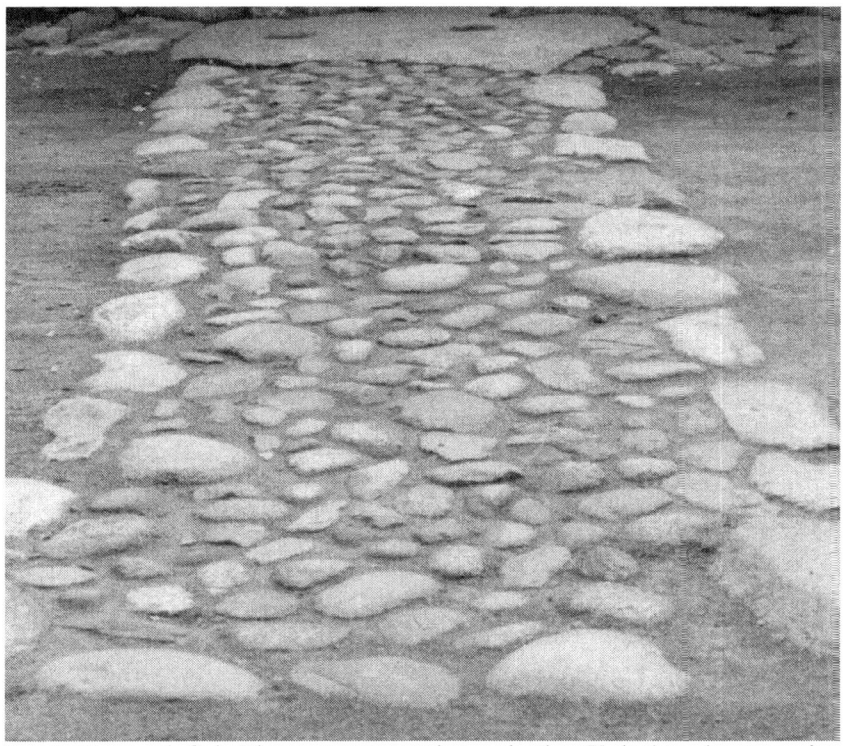

Oma´s Trampelpfad. Blot se verstunn datt, mit ähre Holschen dorup eeniger-moßen gau to lopen.

Een Rull noh rechts. „Hermann, watt mokst du dor? Schlöppst du dor?"

Nu endlich, at datt Licht an wehr, fund Opa uk siene Puschen. Ohn watt to seggen, sammel he siene Strümp und datt Hemd tohoop und weer all verschwunden. Man blot nich opregen, Hermann!

Inne Waschköök ankomen, truck he sick de ulle Schlotterbücks an, de em allerdings veer Nummern to grod weer und hol sienen Kopp unner de Pump.

„Brrrr! Kolt!" Nu weer Opa wach. He schnappte sick datt Hemd, rin dormit inne Bücks, de Knöp all to und ab in'n Stall.

„Moin, Erna!" Opa mokte datt jeden Morgen so. At eenzige Koh stunn se hier to reinen Selbstversorgung. All anner an Veehtüchs, bit op Georgina und selbstverständlich de Höhner, harn Oma und Opa mit de Tied all afschafft.

Opa greep sick denn Schemel, nehm den utspölten Emmer van Hook, sett sick ünner de Koh und fung an, datt Jütter to massieren. He massierte datt grode Ding immer und immer wor. „Denn kummt dor mehr Melk!" segg Opa. „Man mött so'n Tier immer good behandeln, denn krist du alln's van de. So'n Tier is jo schließlich uk man blot'n Minsch!"

He wuss Bescheed.

Bi veerdreeveertel Liter keem denn datt erste Unheil in Form van Erno's Steert. Opa kreeg em genau an't linke Ohr. He verjoog sick so dermoßen, datt he mitsamt Emmer, Melk und Schemel in'ne Schiet flog.

„Du olle dösige, dusselige Koh! Watt schall datt denn? Bis woll nich ganz good in'n Kopp?"

De feine Melk. Emmer geputzt, Schemel ünnern Woterhohn reinigt, Hemd und Bücks 'n bäten afputzt und los gung 't. De nächste Anloop.

Een viertel Stunn loter weer Erno's Jütter leer und de Emmer all wor half vull. Rin mit de Melk in Köhlemmer und henn noh Georgina.

„Moin, Georgie!". Georgina weer at Kostverwerter bi Oma und Opa anstellt. Ähre beste Mutt, ober uk de Eenzigste.

Foor in Trog, Woter asterann. So, zack, zack, Opa haar vandoogen kien Tied. „Tschüß, Georgie!", und wech weer Opa.

Rin inne Waschköök, denn uk de Katten töwten all op ähr Foor. Alln's gung flott vanne Hand.

Mit de linke Hand packte Opa sich inne Mogengägend. All wor de sien Mogen weh. „Kummt bestimmt van mien Afnehm – Kur. Mött sick de olle Mogen woll erst drop instellen. De verjoogt sick nu jo, wenn he nix reell't mehr to äten kricht!"

Siet twee Wäken all woll Opa de Pfunde verdrieben und eegentlich leep datt uk ganz good. Alle Achtung, haar ick gor nich van em dacht!

„Herta! Fröhstück is fertig! Opstohn!" Opa reep inne Schloopstuuv rin. Doch dor bewägte sich nix. „Los, Herta, ruut ut'n Bett. Ick hepp datt Fröhstück all op'n Disch stohn, seh to!" He wunner sick, datt Oma nich antwurten de und lugte um de Eck. Datt Bett weer leer.

Jüss at Opa sick umdreihte, stunn Oma uk all inne Köök. Opa stüer mit opene Arms op ähr to. „Mensch Herta, nu koom doch erst mol in miene Arms!" Opa drückte se kräftig. „Herzlichen Glückwunsch, miene Herta, to dien föfftigsten!"

Oma lachte. „Du olle Charmeur. Föfftig, datt woll ick woll noch mol wähn, dor häst du recht!"

„Naja, ick meen jo man uk blot föfftig – Z!" He kunn datt nich loten, Oma to tagen. De nehm em datt ober nich krumm, se kenn em nu jo all lang genog.

Se strohlte öwer all veer Backen. Opa haar ähr nämlich speziell to'n Geburtsdag so'n rech feinen Fröhstücksdisch trech mokt.

Fein bunt weer de. De knallrote Dischdääk, dorup passend de geelen Tassen, blaue Teller, alln's ut Steengood. Datt weer'n rechschom feinen harmonisch gedeckten Disch!

Dortoo keemen denn de witten Eierbeeker. Jedet Ei haar Opa 'n strickten Eierwarmer opsett. Koffee, Brötchen, de haar Opa nämlich twüschendöör uk all van Bäcker holt, Wuss, Marmelode, Kääs und frische Botter, an aal 's haar Opa dacht!

„Hermann! Watt häst du denn mit de Eier mokt?"

„Wieso? Watt is denn dormit?" Opa keek erstaunt.

„De sind jo ganz hart. Du wesst doch, datt ick kiene harten Eier mag!"

„Oh," meen he, „dor kannst du mi ober wohrhaftig kien Vörwurf moken. Lang genog kooken loten hepp ick de nämlich. Hepp ick genau op acht. De mööt week wään! Datt givvt gor nich!"

Opa haar datt fuustdick aster de Ohren. „Nu ät man düchtig, häst jo vandoogen noch 'n harten Dag vör di. Wenner kummt denn us Besök?"

Oma zuckte mit de Schullern. „Datt weet ick uk nich, ober to Mittag schöt de Beiden woll hier wähn!"

Vandoogen to Omas Geburtstag harn sick de beiden Enkel Bernd und Jens to 'n Besök ansecht.

De Beiden wollen hier bi Oma und Opa in Appelgorten zelten und natürlich uk mit Opa grillen. Datt haar he de Beiden jedenfalls versproken. Obwoll, Freid haar he bestimmt nich an datt Grillen, denn jüss nu mit siene Afnehm – Kur pass em datt so gor nich in 'n Krom. Schließlich haar he all twee Pund afnohmen!

„Och," haar he to de Beiden secht, „vielleicht beiß ich denn mal in eine Currywurst und überlass euch den Rest!"

„Wenn de beiden Racker kommt, möss du dor denn 'n bäten mit op achten, datt de kien Blödsinn mokt!", meen Oma und fung an, denn Fröhstücksdisch aftorühmen.

Klock teihn! „Oma, Opa, wir sind da!" Dor stunn de Beiden all inne Dör. „Oma, hast du was zu Trinken, wir haben Durst?!"

„Natürlich Jung, was wollt ihr denn haben?, Sprudel, Orangensaft oder Buttermilch?"

„Oh, ja, Buttermilch, Oma. Aber ein großes Glas voll und schööön kalt!"

„Hab ich, hab ich, Jungs, wartet man, ich hol euch welche!" Oma suuste rin inne Spieskoomer, holte denn groden Kroog mit Bottermelk und stellte em vör de Beiden op'n Disch.

„So, nun erzählt mal. Wie war denn eure Tour? Wann seid ihr denn schon zuhause losgefahren?"

De Beiden harn veel to vertellen. De Klock gung derwiel all op de Middagstiet und Oma fung an, datt Äten vörtobereiten. Kortuffelpuffer geev datt vandoogen.

Opa keem van buten rin, haar de Höhner foort und Eier holt. „Herta, de Höhner leegt at verrückt. Twölf Eier hepp ick funn'!"

„Stell de man dor op'n Disch und denn seh man to, datt du de beiden Jungs 'n bäten hölpen deist. De wööt nu vör'n Middag noch datt Zelt opboon."

Dor weer Opa ober bäter van wechbleewen, den van Architektur haar Opa soveel Ohnung at'n Koh van Döschken!

Datt Zelt, nu all aster in'n Appelgorten opboot, seech denn uk ut at so'n afstraktet Bauwerk ut de Fingers van so'n modernen Künstler.

„Funktionell is so'n Ding jo all," dacht sich Opa, „so mol för een oder twee Nächte, wenn Oma mi mol ruutschmieten deit! Man blot, wie kummt man dor rinn?"

De Ingang wieste noh boben. Dorför haar Opa ober trotz Protest van de beiden Jungs quer boben op, dormit de Steifigkeit bäter weer, eenen Hoselnöötstruuk bunden.

„Nun hält das besser!" haar he seggt, haar sick op siene Bank sett, sien Piep anstickt und paffte so vör sick henn.

De beiden Jungs hengegen versochten krampfhaft, Opas Wunnerwark to entflechten. Weer gor nich so eenfach, schließlich haar Opa ganze Arbeit leist.

At erstes mossen se de ganzen Backsteen wor biesiet schaffen, de Opa to'n Beschworen op denn äußersten Rand leggt haar.

„Datt fliegt euch bestimmt nicht weg, da kann auch ein Orkan kommen!" Opa und sien Schnacken!

Oma haar in de Twüschentied all to'n Middag ropen, de beiden Jungs harn woll jeder so an 'ne foffteihn Kortuffelpuffer mit Appelmus verdrückt und sick furs anschließend wor an de Zeltkorrektur to schaffen mokt.

Nu weer datt woll all so um de Koffeetied um Klock dree, at endlich de lüttje Bernd bi Opa ankeem und frogte: „Opa, wo ist denn der Grill? Wir wollen den schon mal aufbauen!"

„Oh, mein Jung, der muss ja noch zusammengebaut werden und das könnt ihr sowieso nicht. Das ist Technik und davon versteht ihr nichts."

„Ja, ja, Opa, genau so eine Technik wie das Zeltaufbauen, das hast du ja auch prima hingekriegt!" Bernd zwinkerte zu Oma rüber.

„Jo", meente Opa, „man tut, was man kann. Ich helfe euch doch gerne und wenn ihr mal was nicht wisst, dann fragt man euren Opa, der erklärt euch dann alles."

Jens mischte sick in. „Aber holen können wir den doch schon, oder?"

„Jo, der steht ober auf der Hille, hinten auf der Diele. Ist ja noch eingepackt. Findet ihr wohl, sucht man 'n bisschen."

Kiene fief Minuten harr'n de Jungs brukt, denn stunn de Grill fix und fertig för den Probelauf. Funkelnogelnee weer datt Ding.

Opa haar em eegentlich man blot at „Zugabe" mitbrocht, at he sick denn nee'n Rosenmeiher kofft haar. Dor haar disse Grill opboot stohn, fein lackiert und glänzend. At he ober denn Grill in'n Huus opboon woll, haar he irgendwann denn Schrubentrecker, Schlödel und Tang wechschmäten und haar denn Bau opgäben.

„Bestimmt heppt de denn in't Wark totol dörnanner krägen und falsche Deel inpackt. Datt passt jo all gor nich! Schiet Injenöre!" Pieproken weer doch eenfacher!

„Opa, die Holzkohle ist da schon drin!", keem de lüttje Jens um de Eck suusen, die musst du nachher nur noch anstecken!"

Dor stunn de feine Grill, at Opa so gägen Obend mit'n Füertüch und'n Fidibus bewaffnet anloopen keem, um de Köhlen antosticken.

Bernd und Jens stunn dor all und töwten op de erste Brotwuss.

„Jungs, das dauert noch!", haar Opa seggt. „Habt ihr Beiden denn auch Grillanzünder unter die Holzkohle gelegt?"

„Grillanzünder? Was ist das denn?"

„Also habt ihr keinen Grillanzünder druntergelegt, wenn ich euch so angucke?" De beiden Jungs keeken mit ungläubigen Blick ähren Opa an. „Hab ich mit doch gedacht, das da irgendwas fehlt. Alles muss man selber machen. Und ich sagte ja noch, das ist 'ne Wissenschaft für sich!"

„Opa, du spinnst, du flunkerst," seggte Jens mit'n utstreckten Finger, „man muss die Kohle doch nur anstecken!".

„Ungläubige Brut! Alles muss man selber machen. Naja, dann werde ich mir mal die Spiritusflasche holen, damit geht das denn am schnellsten!"

Viertel Stunn loter. „Wir haben Hunger, Hunger, Hunger, haben...."

„Wollt ihr wohl mal ruhig sein. Nun müsst ihr noch ein wenig warten. Das dauert nun mal." Opa stocherte in denn Hoopen Köhlen rum. De ober qualmte blot.

Oma keem mit'n Teller vull Brotwuss und 'n poor Stück Kasseler. „Oma, hast du auch Ketchup und Senf?"

„Och Kinners, ihr fragt mir ja 'n Loch in'n Bauch! Klar hab' ich Ketchup und Senf, aber ich kann doch nicht alles alleine tragen. Ihr könnt mit wohl etwas behilflich sein und tragen helfen!"

„Oh, ja, Oma, das machen wir!" Dormit weern de Dree verschwunn.

Jüss keem Opa mit de Spiritusflasche anwackeln, at de Dree int Huus gingen.

„Bis gleich, ihr Lieben und lasst euch überraschen, wie schnell das nun geht!"

Datt gung wirklich gau, so flink haar Opa nich mol kieken kunnt, denn weer datt funkelnogelnee'e Zelt wech. Blot noch de Stangen stunn dor op'n Rosen. Kreidebleich stunn Opa vör datt Maleur, at Oma und de Kinner um de Eck bögen keemen.

„Opa, wo ist denn unser Zelt?"

„Das weiß ich auch nicht, hat wohl der Teufel geholt!?"

„Ich sagte ja schon, Opa, der spinnt so'n bisschen. Der Teufel, Hihi!"

„Jo, natürlich, der Feuerteufel!" Opa konn datt immer noch nich footen. Immer noch stunn he wie versteenert vör denn Grill. De Spiritusflasche, nu allerdings ohne Inhalt, in siene rechte Hand holend.

Dorbie haar he doch blot denn Grill ansticken wollt. Komisch. Viellich weer´n de Köhlen uk so´n bäten fuchtig wurrn, denn de qualmten man blot so vör sick henn. Dor weern zwar so´n poor Glutnester ober brennen woll datt eenfach nich.

Jedenfalls solang nich, bit Opa dor ´n bäten Spiritus togeeten de. Erst man blot´n bäten und denn noch watt mehr. Und denn, datt Unheil nehm man so sienen Loop, keem dor ne Flamme ut de Köhlen, schot in de Flasche Spiritus, drückte tomol denn ganzen Inhalt dor ruut. Wie ut de Rakete schooten, rechtschoom mit´n Rückstoß keem de Inhalt ut de Flasche, spritze bit öwer´t Zelt und wech weer datt Ding! Kunststoff und Spiritus, ´ne feine Mischung. Veer bit fief Sekunden, denn weer datt Zelt wech!

„Hermann, was häst du dor mokt?“

„Opa, wo ist unser neues Zelt?“

Dor stunn de Dree und schüttkoppten.

„Hermann, du bist woll nich ganz good in Kopp. Stickt de Beiden das Zelt in Brand!“ Oma kookte.

Gottseidank stunn immer noch Opas Rettungsinsel, datt ole iiserne Bettgestell, in de Gesindekoomer. Eegentlich, so haar Oma sick öwerleggt, weer datt för Opa de gerechte Strofe wähn, wenn he in ditt Gestell schlopen moss haar.

Irgendwann ober, nohdem de Rest van´t Zelt wechrüümt weer und de Wuss und Fleesch vertilgt weer und uk wor lacht wurr, schleepen denn doch de beiden Racker in datt Bettgestell.


## Oma Meyer und de Fallschirmsprung.

Ji glöwt jo gor nich, watt Oma Meyer all moken woll. Nu keem se op´n mol op de Idee, mit´n Fallschirm ut´n

Flugzeug ruuttospringen. Ich weet gor nich, wer ähr all so'n Tünkroom topusten deit? Viellich hett se datt ober uk in't Fernsehn sehn. Se hett sick nämlich 'n nee'n Flimmerkasten tolecht. De ole Kasten wehr jo all so old, dor gung immer fokener de Zündkerzen twei, so datt Opa eenes Doogs meente, datt dor 'n nee'n Apparot hermoss.

Oma Meyer sett sick also op ähr Rad und juckelte henn noh Felde noh'n Flugplatz. Dor ankomen, leet se sick furs 'n Fallschirm gäben, sick'n bäten watt vertellen und af gung datt inne Luft.

Eendusend Meter, tweedusend Meter, dreedusend Meter. Oma kunn datt gor noch hoch genog wään. At de Pilot denn irgendwann frogte, wann Oma denn utstiegen woll, seggt se: „Hier is jo gor kien Haltestell!"

„Ne," seggt de Pilot, „stiegt se man so ut, se koomt jo ganz van alleen wor noh ünnen." „Jo, is good!", seggt Oma Meyer und schmitt sick ut de Luk. In free'n Fall suust se af in Richtung Bodden. In tweedusend Meter Höchte ankomen, markt Oma, datt se ähren Fallschirm gor nich üm hett. De lich nämlich fein drög in't Flugzeug. At so'n Steen suust se rünner. So rundwech twintig Meter öwern Bodden seggt Oma: „Naja, bit hierhenn is mi nix passiert, watt schall denn nu noch scheef gohn?!"

Man schallt bold nich vör möglich hol'n. Genau vör't Strandcafe suust Oma in free'n Fall int Meer. Nix weer passiert.

Een Wääk loter seet Oma Meyer all wor in't Flugzeug. Datt glieke Spill noch mol. Nu ober hett se denn Fallschirm umbunn und schmitt sick wor ut de Luk.

Op tweedusend Meter Höchte ankomen, ritt Oma an den Griff, üm denn Fallschirm to'e Entfaltung to bringen. Zack, dor hett se denn Griff inne Fingers. „Oh man, watt'n Schiet", seggt Oma, „naja, mokt nix, ick hepp jo noch denn Reservefallschirm."

Op Dusend Meter Höchte ankomen, treckt se an denn annern Griff und watt schall ick jo vertellen, nu hett se denn uk inne Hand. Se schmitt em wech und kick noh unnen.

De Bodden keem immer dichter ran und se kunn nu all genau sehn, watt datt vandoogen bi Wilksen Fiet to Middag geev.

Jüss in dissen Oogenblick keem Oma Meyer een Kerl in´n blauen Kittel entgägen. „Oh, Moment, junge Mann, repariert se eventuell Fallschirme?"

„Nee", segg de, „Gasleitungen!"

Ick vertell jo watt. Oma Meyer heppt se worfunn. In Kayhusen mitten in´t Engelsmeer hett Oma säten, öwer und öwer mit Oontenkruut behangt. Ober, - se leewte.


## De Motorsoog.

„Watt is datt ober´n feinen Krom hier. So´n fein´t Ding." Opa Hermann und sien nee´t Speeltüch, siene Kettensoog. He weer ganz ut´n Häuschen und hen und wech. Jüss eben haar he sick disse Soog van de Genossenschoop holt.

„Herta," haar Opa seggt, „ick mööt mol eben noh de Genossenschoop, wägen de Soog und so."

„Jo, jo, jo, mook doch, watt du wullt!" Oma wuss, datt watt Opa sick in´n Kopp sett haar, de he uk.

Dor stunn he nu mit datt Ding buten und truck wie wild an´ne Kett. Prrrrt! Prrrrt! Nix de sick. Komisch. Eben, at Oltmanns Willi dor in´ne Genossenschoop em de Soog vörführt haar, leep datt Ding doch! „Is doch ´n Witz!", dach Opa.

„Du, Willi", segg Opa, denn Telefonhörer an´t Ohr drückt, „de Soog is twei, de geiht nich!" Weer doch gliek

datt eenfachste, furs bi Oltmanns Willi antoropen und noh-
tofrogen.

De ole Genossenschoop. Opa's erste Adresse, wenn datt um Maschinen
ging. Hier weer he zwor nich de Beste, dorför ober de opreegendste
Kunde.

    „Nee, Hermann, de is nich twei, is schier Qualität,
datt Ding. Ick hepp di doch vertellt, datt du bi'n Starten
denn lüttjen Knop drücken schosst. Datt is so wägen de See-
kerheit!"
    Opa leeg denn Hörer op und gung wor noh buten. He
nähm sick de Soog, dreih se hen und her und bekeek sick
datt Ding van alle Sieten.
    „Oh!" Opa haar denn Knop entdeckt. Knop drückt,
an'n Band trucken und ....nix!
    „Du, Willi," segg Opa bi sien tweeten Anroop, „de
Soog is twei, de löppt immer noch nich!"

„Häst du dor denn uk Benzin opdohn? Hepp ich di ober vertellt, datt du dor Gemisch opdohn schosst. Een to fiefundtwintig! Hepp ich di seggt, Hermann!"

Wor weer Opa buten. „Hermann, vermisst du watt?" haar Oma so in Vörbielopen frocht. Opa harr man blot afwunken und weer ohn to antwurten wor noh buten gohn. He wurd nervös!

Kanister inne Hand, rupp up't Rad und henn noh de Tankstell'. Watt datt Schlimmste an de Geschicht' weer, weer de Sook, datt he nu op sien Tour veer Mol an siene Kneipen vörbie keem, op de Hentour twee und op de Rücktour twee. Und datt eene Mol, at he jüss bi Claußen vörbiestüern keem, dünkte em sogor, datt Meyers Jan dor aster de Gardinen sitten de to kiesen. Oh, watt'n Maleur uk!

Wor in'n Huus ankomen, füllte Opa datt Benzin in'n Tank, drückte denn Knop, truck an datt Band und ...... Prrrrrrh! Datt Ding leep!! Man blot, de olle Kett, de brukte man jo to'n soogen, datt olle Ding leep gor nich mit. Watt weer datt denn nu all wor?

„Du, Willi, de Soog is twei, de Kett löppt gor nich!" Opa weer all wor an't telefonieren.

„Hermann, nu is 't ober good! Ick hepp di doch seggz, datt de Soog ne Automotik hett. Blot wenn du Gas giffst, löpp uk de Kett!. Häst nu hört!? Is 't nu good?" Willi Oltmanns weer drop und dran, datt Telefon inne Eck to schmieten.

„Is good!", haar Opa jüss noch seggen konnt, denn wurd op anner Siet de Hörer op de Gobel schmeeten.

He schnappte sick van nee'n de Soog und mokte nu alln's noh Anleitung. Nu leep de Soog und uk de Kett leep mit! Oh, watt'n Wunnerding!

Opas erstet Opfer weer de ole Soogbuck, de immer noch in'n Schuppen sturn. Kort und kleen soogte he datt Ding! Wurd jo uk nich mehr brukt! Datt tweete Opfer weer de ole holten Schuvkoor, de mitten op'n Roosen stunn und wo Oma ähre Blomen inplant haar.

Datt dritte Opfer weer..... Opa Hermann! Eegentlich haar he jo man blot de öwerschüssigen Zweig in'n Zwetschgenboom afsoogen wollt. Doch dortoo brukte man 'ne Letter.

Logisch, 'ne Letter! De haar Opa sülms boot. All vör öwer acht Johr. Ut feine stabile Dachlatten haar he de domols tohoopzimmert. Vör acht Johr!

Nu weer de viellich all'n bäten morsch, denn de ollen spillerigen Dachlatten, nu leeg mol acht Johr in Wind und Weer, föhlten sick so'n bäten krömilig an.

Un nu genau to denn Tietpunkt, at Opa mit siene Soog, gottseidank leep datt Ding nich, de böberste Sprosse erreicht haar, knackte ditt Monstrum van Letter. Dornoo knackte datt noch acht Mol und he stunn mit sien Soog wor op Gottes Erdbodden.

Nix weer passeert. Blot sien Manchesterbücks haar so'n bäten watt afkrägen. He weer dormit an'n rustrigen Nogel hangenbleewen. Mit sien bloote, käsigen und krummen Been stunn Opa nu so inne Gägend rum.

Gau leep he röwer inne Schüüer und nehm sick'n poor Strohband van Hoken. De tüdel he nu um siene Bücks. So kunn he jedenfalls dör de Gägend lopen.

Rin in't Huus. „Herta, ick bruck mol äb'nd diene Trittletter!" Wech weer Opa all wor. Bäter weer datt, wenn Oma em so nich sehen de, ans haar se mit Seekerheit wor schimpt.

De Letter ünner denn Boom stellt, de Soog in Gang sett, so stunn Opa nu dor boben op sien wackeligen Stand. Jüss in denn Oogenblick, at Opa dissen dicken Ast, de dor dwasch in Boom wussen weer, dörsoogt haar und disse sick mit Schwung op Opa toneigte, kreeg uk de feine gröne Kettensoog 'n Schlag af.

At in Zeitlupe versochte Opa noch, datt Unheil afto-
wenden, ober de Kett, noch recht scharp und mit dissen gie-
rigen Utdruck „ick bruck watt - ich bruck watt", Opa haar
datt jedenfalls genau beobacht, ritze se mit ähre letzten
noch gierigen Tacken so'n wunderschönen deepen Ritz in
Opas Arm.

Säben Minuten brukte de Krankenwogen. Denn seet
Opa mit de beiden Sanitäter und selbstverständlich uk Oma,
oh Gott, oh Gott, oh Gott, - in de Köök op'n Stohl. De
Wunde seech nu noh de Erstversorgung so ut at so'n Ufo –
Landschaft. Alln's fein rot und mit veele, veele Bloodstiller
in'n Arm.

Gägen Obend weer Opa denn all wor ut'n Kranken-
huus entloten wurrn. Mit'n dicken Verband seet he an'n
Disch, immer und immer wor de Schmerztabletten in'n
Blickfeld.

Oma renn de ganze Tiet blot dör de Köök und weer
an'n Schimpen öwer Opas Unverstand.

De Soog haar se ober vörsichtshalber in Seekerheit
brocht und datt hett'n poor Wäken duert, bitt Opa de wor to
sehen kreeg.


**Oma Meyer und datt Theoterspill.**


Irgendwann woll'n Opa und Oma Meyer uk jo mol
in't Theoter. Blot mol kieken, wie denn so'n Ding van bin-
nen utseech und watt dor so vonstatten gung.

Beide trucken ähren Sönndagsstoot an und mokten
sick op denn Weg. Figaro weer ansecht.

At de Beiden dor denn nu so seeten, erste Reeg in'ne
Mitt', ganz opgereegt und dorup töwten, watt sick dor nu

woll doon scholl, gung datt denn los dor boben op de Büh-
ne.

De Tenor weer in'ne Gang. „Oh, Figaro, Figaro, Fi-
garo, Figaro, Fiiiiiigaaro!"

„Du, Vadder, watt hett he seggt?" Oma kreeg datt
alln's nich gau op'e Reeg. „So'n Figaro, is datt nich'n Fri-
seur?"

„Herta, wääs still, de Lüe, de kiekt all!"

„Jo, ick meen jo man blot, irgendwo hepp ick datt
mol läsen!" Oma schnabbelte.

„Herta, swieg!"

„Och Hermann, wenn datt nu ober'n Friseur is, wieso
singt he datt denn nich? Wieso seggt he denn andauernd Fi-
garo?"

Opa wurd all ganz knatterig. Uk de Lüe so rund um
to weern all aal in'ne Gang. „Pssss!" und „Ruhe, da vorne!"
hörte man.

Twee Minuten Ruhe.

„Du, Hermann, segg mol, kann de dor denn nich mol
noh'n Friseur mit siene langen Hoor? Ropp't 'ne halbe
Stunn' noh'n Friseur und de kummt jo doch nich!"

„Herta, bis du woll mol still!" Opa wurd all ganz un-
ruhig und rutschte op denn Sessel hen und her.

„Jo, ick meen jo man blot, wo bliff de denn, disse
Friseur? Viellich heppt de jo uk kien in't Theater. Viellich
mött se denn jo erst mol holen van uuterhalb? Wer weet?"

Oma holte deep Luft. Gottseidank! Ganze acht Se-
kunden Stille.

„Ob de sick denn hier nu op de Bühne de Hoor
schnieren loten will? Harr he datt nich vör de Sendung mo-
ken kunnt? Verstoh ick nich, tüdelt hier all watt rum!?"

„Können sie sich nun mal ruhig verhalten da vorne!
Man versteht ja sein eigenes Wort nicht!" Oh, gottsverdoo-

rigt, de Gast dor twee Reegen aster Oma weer ober vergrellt.

Uk boben op de Bühne haar man selbstverständlich de Unruhe wohrnomen und denn, at Oma immer noch keine Ruh' geev, reep de Sänger: „Wenn sie nun noch länger reden, dann kommen sie hier nach oben und machen das öffentlich!"


## De Knütt.

„Herta, mi geiht datt so schlecht!". Opa leeg in sien Bett und weer an'n jöseln und jammern.

„Datt kummt dorvan, wenn man nix anständig't äten deit." Oma versochte em optorütteln. „Du möss doch mol woor'n Stück Brot mit Speck oder'n fein't Stück Buckspeck äten. So geiht datt jo woll nich wieter!"

„Och Herta, du wesst, doch, datt ick afnähmen will. So'n poor Kilo mööt dor noch rünner, dor bliew ick hart. Vanobend will ick mol versöken, so'n bäten Suuerkruut to äten. Suuerkruut, datt reinigt van binnen!"

„Du bist jo woll so'n bäten tüdelig, watt? So'n Minsch kann doch nich blot van Suuerkruut läben!? Datt geiht doch nich."

Siet veer Wäken versochte Opa nu all, een poor Pund aftonähmen. Klappte jo uk so eenigermoßen, jedenfalls, wenn man van Opa sien twüschentiedliche Esstiraden afsehen de. In de Oogenblicken weer datt bäter wähn, wenn Oma vor de Spieskoomer und vör denn Kühlschrank jeweils 'n grodet Vörhängeschlott hangt haar.

Schokolode, grode Grillfeten mit Brotwuss, lecker't Buukfleesch und so af und to bi Claußen vör'n Tresen denn de Schluck und Beer in Hals rin kippen, jo denn weer'n de Kilo dor bold wor op.

„Oh, Herta, mien leewe Botterbloom, kannst du mi nich mol äben so'n fein't Glas Boonekamp holen. Ick glöw, datt is nu datt Eenzige, watt mi hölpen kunn!"

„Hör op to jöseln, du olle Tüünkopp, ruut ut'n Bett! Beweg di mol, denn kummst du uk wor oppe Been."

Oma woll endlich de Betten moken, blot de kranke Kandidot leeg noch inne Feddern und haar de Bettdääk bit öwere Ohren hochtrucken.

„Hermann, nu stoh endlich op. Ick koom glieks mit'n Emmer Woter, denn lernst mi ober kennen!" Oma keem in Fohrt. „Ick koom furs wor, denn bist du ruut ut'n Bett! Los!"

Opa bummel sien Been ut'n Bett, toog sick de Huusschoh an und schlurfte int Bodezimmer.

„Wullt'n Ei, Hermann?", frogte Oma, at he endlich noh'e Tied inne Köök wackeln keem, ick hepp noch'n koolt Ei van'n Fröhstück. Kannst du kriegen, wenn du wullt! Und Koffee, wie ist dormit? Wullt du watt drinken?"

Opa schüttel mit'n Kopp. „Nee, nee, ick ät glieks mien Suuerkruut, datt genügt!"

„Do doch, watt du wullt, Schall di doch datt Suuerkruut ut'e Bücks wassen."

Opa und sien Suuerkruut. Koopmann Eilers in'n Dörp haar sick extra wägen em eenen Logervörrot henstellt. Und, man schollt nich glöben, datt ging wech wie warme Semmeln. Datt meiste natürlich an Opa Hermann, de pro Dag so an de twee Dösen dorvan verputzte. Ober uk Bremers Heini, den Opa tofällig bi Tähnarzt Schmidt dropen haar, mokte op Anroten van'n „Spezialisten" Opa uk disse Suuerkruutdiät.

Meyers Jan allerdings haar blot lacht, at Opa em van siene Bemühungen vertellte.

„Du," haar Opa to em secht, „wenn du denn mol Verstopfung hesst, denn flutscht datt ober bi di!"

„Ne, ne", meen Jan, „datt schnattert bi mi man uk so ut de Bücks, ick brük kienen Suuerkruutschub!"

Opa seet an'n Köökendisch, de Döös Suuerkruut vör sick und stocherte mit sien Gobel dorin rüm. Selbstverständlich haar he all to geern Omas Rot befolgt und sick'n Stück Schwartbrot mit Speck inverleibt, ober, denn haar Oma jo gewunnen und datt woll he nich. De Blöße woll he sick nich gäben.

De beiden harr'n nämlich wett'. „Datt holst du kien dree Wäken dör, wetten?!", haar Oma vör em stohn, de Hann inne Hüften stemmt.

Sien Mogen rebellierte. Datt Grummeln in sien Innern forder em op, unmittelbor denn Gang vör de Dör antotreern, denn sietdem he disse Diät anfungen weer, plogten Opa nich nur de Lievkeelt, sünnern uk noch ganz gewaltige Blähungen.

„Mensch, hepp' ick'n Schmacht!". Opa seet vör de leere Döös Suuerkruut und sinnierte, ob he sick woll noch 'ne tweete Döös vull to Gemüte föhren scholl. Henn- und herräten in siene Geföhle stunn he op, gung noh'n Köökenschrank, nehm sick'n poor Schieben Schwartbrot und leegte se op'n Disch. Denn hol he sick 'ne wietere Döös Suuerkruut ut de Spieskoomer, mokte de open und fung an to äten.

Ohn aftosetten, stoppte he datt Brot und Suuerkruut in sick rin. Furs asternoh seet he an'n Disch und krümmte sick. He harr Buukkeelt.

Dormit Oma em nich inne Quere keem, truck he datt vör, sick noh buten to verkrömeln. He stoppte sick de Piep, steek se an, truck dor'n poor mol an und packte se biesiet. Datt weer jo watt. Nich mol sien Piep schmeckte em vandoogen.

61

„Kerl, watt is datt blot?" segg he. „Datt is jo 'ne Keelt, datt kann jo kien Minsch nich utholen!" De Schweet stunn em op de Stirn.

„Herta, ick föhr mol kort noh'n Doktor!", reep he in't Huus.

„Watt wullt dor denn all wor? Schludern oder watt?"

„Nee, Herta, mi geiht datt wirklich nich good, mien Mogen, de zwickt ganz dull. Is bestimmt'n Ischiaskrampf!"

„Datt kummt bestimmt van diene Diäten, schasst man rechtschoom watt äten. Schass woll all sehn, de Doktor schall di woll watt vertellen! Föhr man henn."

Disse wunderschöne Eekenallee wer de Weg noh Opa's und Oma's Huus. Datt Huus dor an'n En'n hörte Gerken Fiet und furs hier aster de erste Eek rechts gung de lüttje Trampelpadd noh Meyer's Jan röwer.

Schon seet Opa op'n Fohrrad und eierte los. At so'n krummen Hering seet he op de ole Koor, hol sick mit de linke Hand denn Buuk und keem noh´e Tied uk so dör´t Dörp föhren.

„Moin Hermann, watt häst du denn vör Schwierigkeiten? Häst bestimmt ´ne Kulik, wa?“ Frieda Bruns stunn dor tohoop mit Herta Siems und Carla Kruse. Opa winkte blot af. „Schludertaschen!“ murmel he sick in´n Bort.

Krumm at so´n Flitzebogen keem Opa denn uk bi´n Doktor dör de Dör. „Geht es Ihnen nicht gut, Opa Hermann? Was haben sie denn für Schwierigkeiten?“, frogte de Spreekstundenhölp. „Setzen sie sich man noch eben ins Wartezimmer, ich ruf sie gleich auf!“

Opa stunn de blanke Schweet vör´n Kopp. Nicht mol Luft holen moch he, socke Keelt weer´n datt.

Man blot´n teihn Minuten loter seet Opa all in Krankenwogen. Henn noh´t Krankenhuus. De Doktor haar unverzüglich, nohdem he Opa ünnersöcht haar, denn Rettungswogen alarmiert. „Das ist bestimmt ein Darmverschluss!“, haar he noch seggt.

„Oh, man, Herr Doktor, das hab ich ja gar nicht gewusst, dass man den auch abschließen kann,“ keem postwendend Opas Kommentar.

„Hermann, du hast einen Knoten in deinem Innern. Der läst einfach nix mehr raus. Das biegen die im Krankenhaus aber schon wieder hin. Sollst mal sehen. Keine Sorge! Ich geb nun in der Zwischenzeit deiner Herta Bescheid.“

Datt weer totsächlich ´n Darmverschluss, wie all vermutet. Twee ganze Wäken leeg Opa mit disse Sook in´t Krankenhuus, vergeet ober nich, wiel Oma nu jo nich dor weer, de Schwestern to argern. Op de anner Siet leet he sick ober rechschom fein verwöhnen.

An´n veerten Dag kreeg he sogor all wor watt reell´t twüschen de Kusen: eenen lüttjen Keks! Uk´n Tass vull Hagebuttentee stunn op´t Tablett.

„Och, Schwester, davon soll ich satt werden? Haben sie nicht für die notleidende Bevölkerung 'ne gute Scheibe Schwarzbrot mit 'ner dicken Scheibe Schinken?!"

Opa seet in't Bett n und keek at so'n Bernhardiner. Trotz alledem leet sick nümms op disse Station opweeken.

At he denn endlich noh veerteihn lange Doog wor in Omas Rieck in Omas Köök an Omas Disch sitten de, haar se em all to'n Begröten sienen Teller mit Äten fertig henstellt. Een Tass Tee und veer Kekse!

Suuerkruut hätt datt allerdings 'n lang Tied nich mehr gäben.


## Givvt datt denn 'n Wiehnachtsmann?

Nu is datt bold so wiet, datt de Wiehnachtsmann wor kummt. Bestimmt ober kummt he nich bi jedermann. Glöw ick jedenfalls! Wenn ick mi datt so recht öwerleggt, denn licht datt bestimmt ober doran, datt he datt jo gor nich alleen winn' kann, us aal an man bloot an een eenzigen Obend to besöken.

Ick glöw manchmol nämlich uk all bold, datt dor woll noch mehr Wiehnachtsmänner dör de Gägend suusen doot und de Geschenke verdeelt. Wor scholl datt denn bloot een eenzigen Wiehnachtsmann schaffen, op de ganze Welt to de glieke Tiet all de ganzen Kinners de Geschenke hentobringen? Öwerleggt jo datt mol!

Oder givvt datt letzten End's öwerhaupt kien Wiehnachtsmann und irgendwecke annern Lüe sind dormit beschäftigt, us de Geschenke hertobringen? Ick weet nich?!

Also, vertellt mi, watt ji wööt, ick glöw an denn Wiehnachtsmann dor boben.. Jeds Johr an denn Hilligen Obend stoh ick buten und kiek no boben an denn Sternenhimmel und wenn ick dor denn so een lüttje Sternschnuppe öwert Himmelszelt suusen seh, denn segg ick mi, datt datt nu jüss de Wiehnachtsmann is, de hier dör de Gägend suust mit sien Schlitten nu öwerall op de Welt bi all de lüttjen Kinners de Geschenke verdeelt.

Eens weet ick woll, man mött dor bloot an glöben! Denn givvt datt uk denn Wiehnachtsmann!


## Geköhlten Krom!

„Hermann!" Oma Herta reep. Mit ähre helle dördringende Stimm versochte se, mit Opa to kommunizieren. De befund sick ober in'n Oogenblick op een äußerst wichtige Sitzung und woll sick op gor kienen Fall dorbie stören loten.

„Oh, man, nich mol in Ruhe schie... kann man hier!" Opa stöhnte. Haar gewaltige Schwierigkeiten. Schuld weern woll de beiden Tofeln Luftschokolode. Jo, genau de, de se in't Fernsehn immer wiest. Wenn man de ätt, fangt man to fleegen. Harr Opa uk meent.

Mit datt Fleegen weer datt allerdings woll nix. Ganz in'n Gägendeel. Opa kämpfte. Hart!

Ober, um de Sook mol klortostellen, wie so'n Ballon seech Opas Buuk nu wirklich all ut. Alln's gung rin ober nix keem ruut.

„Hermann, sitt'st du all wor op diene Ohren?"

„Nee, oppe Brill!"

„Jo denn segg doch mol watt!"

„Mol watt!"

„Och, Hermann, wääs doch nich immer so kindisch, schnack mol vernünftig."

Opa haar ober absolut kien Lust, watt to seggen. Noh fiefundtwintig Minuten Kampf truck Opa to'n säbenten Mol an e Kett. De Bücks toknöpt keem he langsom inne Köök schwankt.

„Oh, Herta, mien Buuk!"

„Och, Kerl, hör op to jöseln. Jammerst mi hier de Ohren vull, wieso ättst du uk beide Tofeln Schokolode op. Häst woll Angst, datt di irgendjemand watt wechnimmt?!"

„Och watt, mehr Schokolode weer doch jo eenfach nich. Nu hör doch op to schimpen, datt weer bestimmt de olle Tee, de weer nich mehr good. Häst du datt nich sehn in'n Fernsehn? Öwerall is datt Woter vergifft!"

„Tüdelkopp!" Oma winkte af. „Datt weer in Südamerika. Häst wor nich rech tohört!"

„Och, datt ist doch egol. Häst du nich trotzdem so'n lüttjen Boonekamp för mi und meinen Moog? So'n Boonekamp hölpt immer, viellich giffst du mi so'n lüttjen oder twee oder dree? Sülms de Doktor hett datt seggt, datt so'n Boonekamp hölpen de."

„Watt hett de Doktor seggt? Wenner weerst du dor denn?" Oma keem all wor in Fohrt.

„Jo, vörgüstern, at ick dor henn weer wägen de Höhneroogensalw."

„Höhneroogensalw? Watt wullt du dor denn mit? Du häst doch gor kien Höhneroogen!"

„Nee, de weer doch uk nich för mi. För use Berta dor buten in'n Stall. Hebb ick di doch seggt, datt de ole Henn watt an'ne Oogen hett. Und dorför is doch de Salw'."

„Och, Kerl, du büss jo woll tüdelig in'n Kopp. Du kannst doch de ole Henn' kiene Salw' inne Oogen schmären."

„Ne!"

„Watt ne?"

„Ja, ne, hett de Doktor jo uk seggt. Ober he hett uk seggt, datt datt mit miene Verdauung nich klappen de. Ich scholl man jeden Dag 'n lüttjen Boonekamp drinken oder uk twee. Datt hölpt immer! Hätt he seggt. Bestimmt! Datt weer reinste Medizin, hätt he seggt."

„Oh, man, häst woll kien twintig Pennig mehr in't Portmonee hatt, oder watt?"

„Twintig Pennig? Watt scholl ick dor denn mit, Herta?"

„Bi de Telefonseelsorge anropen, oder mösst du ulle Schludertasch' denn Doktor vanne Arbeit afholen!"

„Ne, datt do ick doch nich, ober wie is datt nu denn mit so'n Boonekamp?"

„Ick will di watt anners at so'n Boonekamp. Do man düchtig watt, denn geiht datt ganz von allen wor wech!"

„Oh, Herta, du bist ober hart mit mi in'n Gericht. So'n ganzen lüttjen harrst mi jo woll gäben konnt."

„Drängelpütt! Eenen Lüttjen und denn süsst du to, datt de Kohstall utmesst wurd. Nix nich hesst du vandoogen all mokt. Immer disse Schlurtjeree!"

Oma nehm 'n Glas ut'n Köökenschapp, hol denn Buddel ut'n Köhlschrank goot Opa 'n Boonekamp int Glas und stell datt vör em up'n Disch.

Mit natte Oogen rook Opa doran und stellte das Glas wor op'n Disch.

„Oh, Herta, datt du uk immer schimpen moss. Dorbie bin ick doch immer so fliedig. Ick weet gor nich, watt du immer häst?"

„Jo, jo, jo, jo!"

Wech weer Oma. Se suuste mit ähr weihende Kittelschört noh buten, stunn ober furs wor inne Köök. „Nu weet ick wor, watt ick van di woll."

Opa seet immer noch vör datt Glas, watt nu ober fein utlickt vör em stunn.

„Oh, mien Hertalein, watt wullt du denn van mi?"

„Jo, watt ick di frogen wull. Ick vermiss hier denn Radieschensomen ut mien Schachtel. Wesst du, wo de blewen is? De weer bestimmt noch good und nu, wo ick alln's sortieren will, is de wech. Is doch immer dasselbe, söcht man mol watt, kann man datt nich finden!"

Opas Oogen fungen an to lüchten. „Jo, Herta, de Somen, och Gott. Jo, denn hepp ick doch all letzten Moont utseit. Weer doch all rech fein warm buten. De Radieschen, jo, de ersten kommt bestimmt all bold!"

„Watt? Du bist woll nich ganz good in'n Kopp. Wi heppt nu erst März und bit in'n Maimoond schall man dor noch mit töben. Watt meenst du denn, wenn nu noch'n Nachtfrost kummt? Denn früss de ganze Radieschen - Saat twei!"

„Ne, ne, ne, Herta, ganz bestimmt nich! Ick hepp datt alln's lesen, watt dor so op de Packung stunn von wägen de Betriebsanleitung. Und dor stunn datt schwart of disse geele Packung: Tiefkühlware!"


### Oma Meyer und de Urlaub.

Oma und Opa Meyer harr'n sick vör'n gewisse Tiet mol dortoo entschloten, Urlaub to moken. In'ne Sünn schollt gohn. Noh Sponien an de Costa Brava.

Opa weer jo schließlich in'n Krieg dor wään. Erst in Frankriek und denn in Sponien. Deshalb kenn he de ganze Gägend uk. Uk de Sprook kunn he noch so eenigermoßen.

Deswägen weer datt nu jo uk gor nich dramatisch, datt de Beiden an annern Dag morgens mit'n französch't und mit'n sponischet Ehepoor an Disch seeten to fröhstücken.

Noh'n poor Dog weer man denn all so recht bekannt und man seet tohoop.

An eenen Dag schnackten se aal öwer ole Tieten. Alle weer'n se stolt, op datt, watt se so schafft harr'n.

Noh'n poor Glöös Rotwien, fein rot und schwor, fung de Sponier an to vertellen.

Sien Ur-, Ur,- Urgroodvadder, so vertell he, weer'n groden Seemann wähn und mit Columbus öwer de Weltmeere föhrt. Uk Ameriko harr he entdeckt.

„Och," meen de Franzos', „datt is jo gor nix!" Siene Familie kunn man sowiet trögverfolgen bit noh Napoleon! Sien Ur,- Ur,- Urgroodvadder weer tohoop an de Siet van Napoleon in de Schlacht van Austerlitz trucken!

Opa keek!

Dor seeten de beiden Fremden und keeken mit ähre schwarten Oogen noh Opa röwer.

„Na," meen de Franzos', „heppt se denn uk so watt to vertellen van ähre Familie?"

„Tja," meen Opa, „ist jo all ganz dull, ober gägen miene Vörfohren ist datt noch gor nix! De loot sick nämlich ganz bit noh Adam und Eva trögverfolgen! Eva weer schließlich 'ne geborene Meyer!"

## Besök op'n Markt!

„Hermann, wo häst du denn Körv henstellt? Du harrst denn doch datt letzte Mol!"

„Denn Körv, denn Körv? Watt denn vör'n Körv?" Opa de so, at wuss he nich, watt Oma meente.

„Mienen Inkoopskörv meen ick. Ick hepp all de ganze Wohnung afsocht und kann em nich finden. Is doch immer wor datt glieke, socht man hier mol watt, is datt garantiert verschwunden. Denn häst du doch nich wohrhaftig in'n Stall?"

Oma suuste at so´n anstookene Tarantel dör de Wohnung.

So manche Stunn´ hett man hier fröher tobrocht. Datt Plumpsklo in´n Gorten. Gottseidank is us datt feine Bildmotiv erholen blewen.

„Hermann, los! Nu söök endlich! Wo häst du denn Körv loten? Ich mööt nu henn noh´n Markt. Wenn ick nu nich los koom, denn is nohher nix mehr dor! Denn is wor datt beste wech."

„Och, Herta, noh'n Markt kann ick jo uk hengohn. Ruh du di man ut und drink 'n Tass' Tee. So loot us datt man moken."

„Jo, datt is uk ne goode Idee. Denn hepp ick woll mol Tiet, denn Huushalt op Vordermann to bringen. Schall ick di datt opschrieben, watt du mitbringen schasst?"

„Ne, ne, wenn datt nich alltoveel is."

„Twee Pund Erdbeeren, fief Pund Kortuffeln, een Pund Tomoten, een Bund Petersilie, een Stang' Porree, een Pund Schalotten und wenn du denn noch noh'n Höhnerschlachter röwer geihst, bringst du noch fief Höhnerbeen mit. Häst du datt nu all beholen? Krist datt all rin in dien Kopp?"

„Jo, klor! Watt weer datt nu noch alln's?"

„Oma haar all'n Zettel in'ne Hand. „Koom her. Ick schriev di datt leewer op, bevör du de Hälfte vergettst!"

Opa haar all de Dörklink' in'ne Hand. „Und wie wullt du datt alln's mitkriegen?", reep Oma em asterann.

„Datt is doch woll kien Problem. Datt krieg ick all aal mit. Ick kann jo uk mien Fohrradkörv nehmen."

„Is good! Suus man gau los!"

Omas Inkööpskörv. Oh man, de weer ober viellich demoliert. Opa haar em güstern in'n Insatz, weil he denn Drohtkörv nich finden konn. He haar socht und socht und dor haar de ole Körv so in'ne Gägend rumstohn. Opa moss nämlich Steen van'n Acker opsammeln. „Wasst wie wild," säe Opa und so weer datt uk wirklich. Immer, wenn he mit'n Plögen fertig weer, leegen dor wor Steen op't Land.

Bevör he denn mit de Egg öwert Land gung, mossen erst de Steen afsammelt weern. Und dorbie weer nu de feine Inkööpskörv twei gohn.

Opa weer all op'n Markt ankomen. „Moin!". Dor stunn he vör denn Gemüsestand, kromte sienen Zettel ruut und fung uk furs an, datt alln's vörtolesen. Obwoll, dor stunn jo noch etliche Lüe vör em ober datt weer em egol. Opa öwerseeg disse Lüe ganz eenfach.

„Na, junger Mann, was kann ich denn wohl für sie tun?" De Marktfroo stunn Opa gägenöwer.

„Jo, bin ick denn all dran?"

„Jawoll, kann losgehen!"

Opa weer rein tüdelig. „Wenn sie mich meinen, kriege ich zwei Pfund Erdbeeren."

„Ja, genau sie meine ich, Opa!" Oh man, de dralle Dirn dor achter denn Stand weer ober good drop.

„Was ich ihnen aber noch sagen wollte," meen se bielüftig, worbie se de Erdbeeren in'ne Tuut packte, „das heißt nun aber Kilo!".

„Watt", secht Opa, „nicht mehr Erdbeeren?".

„Nun bringen sie mich man nicht durcheinander", antwurt de Dirn so'n bäten schroff, „was soll's denn sonst wohl noch sein?"

„Jo, wenn datt so is, denn gääw se mi man noch fief Kilo Kortuffeln, een Kilo Tomoten, een Kilo Petersilie..."

„Halt, halt, ein Kilo Petersilie wollen sie?"

„Jo, hier op mien Zettel steiht een Bund, ober wenn datt nu all Kilo heet, denn krieg ick'n Kilo Petersilie!"

Een Bund Petersilie schov de Verköperin em röwer. Alln's inpackt, alln's betohlt und röwer an denn nächsten Stand.

„Moin, ick haar geern fief Kilo Höhnerbeen!"

„Fünf Kilo Hühnerbein möchten sie? Kriegen sie über das Wochenende wohl viel Besuch?"

„Oh Gott," dacht Opa, „is de ober neeschierig!"

„Datt weet ick uk nich, ob wi Besök kriegt, anmeld' hett sick nümms. Is denn irgendwatt Besünners los? So'n Fierdag oder so?"

„Nein, nicht das ich wüsste. Ich frag nur, weil sie fünf Kilo Hühnerbein mitnehmen. Ungewöhnlich!"

„Ach so," segg Opa, „ne, datt nähmt se man nich so genau. Datt watt vandoogen so in Kilo bestellt!"

De Marktfroo keek Opa an, at weer he van 'ne annern Welt. Se wuss jo uk nich, watt Opa dor an denn Gemüsestand beleewt haar.

Sien Rad haar ober van datt ganze Gewicht bold 'n Plattfoot. So keem he dormit ganz langsom in'n Huus aneiern.

„Hermann!", segg Oma entrüstet, at he mit all de veelen Sooken in'ne Köök rinnmarschiert keem.

„Watt is datt denn?" Oma haar sick hensett.

Opa dorgägen lachte und freite sick, datt he Oma so fein de Arbeit afnohmen haar.

„Hermann, watt häst du dor denn all mitbrocht?"

„Alln's hepp ick inkofft, Herta. Alln's, watt du mi op'n Zettel schreben häst! Fehlt denn noch watt?"

„Hermann, watt schööt wi denn mit so'n groden Büdel Kortuffeln? Fief Pund hepp ick opschreben und du bringst datt Duppelte mit. Und watt is datt denn hier? Fief Höhnerbeen haar ick seggt. Watt schööt wi denn mit de ganzen Höhnerbeen. Koomt dor noch 'ne Kompanie Soldoten, oder watt? Bist du tüdelig in'n Kopp? Wullt du denn jeden Dag Kortuffeln und Höhnerbeen äten? Oh, man, oh man." Oma schüttelte mit'n Kopp.

„Nee, Herta, nu beruhigt di man wor. Datt is nu man so vandoog. Statt Pund gifft datt blot noch Kilo. Hepp ick ober uk nich wusst."

Af dissen Tietpunkt brukte Opa nie wor to'n Inkööpen. Und denn olen Inkoopskörv, jo, dor hett Oma noch'n poor Dog socht. Se heet em ober nich funn'. Opa haar em nämlich boben op'n Böön schmeeten, ganz noh astern in'ne ütersten Eck. Dor is he seekerlich mit de Tied verrott'.

## Primtabak.

Vom Primtabak will ich singen,
einen kleinen Reim,
ich weiß nicht, ob mir's wird gelingen,
ich stell es euch anheim.
Ist das ein Mann, der Tabak kaut,
gesotten hart in schwarzer Tunke,
ein solches dunkles, bitteres Kraut,
schwarz und bitter auch die Spucke.
Ob es nun kantig oder glatt,
ob rund und fein und zierlich,
in seidiges Papier gerollt,
wer das nicht kennt, der ist genierlich.
Fein in Stücke schön geschnitten,
in silberner Dose einer verbleibt,
und wer schwerstens hat gelitten,
sich auch ein Doppelstück verleibt.
Das vertreibt die bösen Sorgen,
das größte Ach und Weh,
den allertrübsten grauen Morgen,
und weckt die Lebensgeister jäh.
Der Kautabak, wohl zart und delikat,
und der, der Tabak kauen kann
hat Kraft und Mut vom Primtabak
und ist ein ganzer Mann.

## Zeitung oder De Chinesen koomt!

„Moin, Frieda!" Opa Hermann stunn jüss vör't Huus, at Frieda Bruns de Stroot entlangesföhren keem. Man blot so eben't Begröten, dach he so. Man is jo höflich. He winkte. Hätt bestimmt all aal Zeitungen verdeelt und nu geiht se wor schludern, van een to'n annern." murmel Opa.

Frieda Bruns, de Zeitungsfroo, also de, de froh morn's de Zeitungen in't Dörp verdeelte und de, wecke gliektietig uk at Dörpzeitung instuft wurd. Frieda wuss alln's und datt uk noch at Erste.

„Moin Hermann! Oh, Hermann, bliew man eben stohn. Töw man eben, ick mööt di gau watt vertellen!" Oh, ähre helle Stimm' klung fürchterlich. Gung di glatt dör Mark und Been. Und nu keem se uk noch mit ähr schrottiget Fohrrad in'n Weg rin bögen und keem op Opa tostüern. Oh Gott!

„Watt will de denn nu all wor?" Opa stöhnte. „Mensch, wenn du de erst mol an'ne Hacken häst, wasst de gor nich wor los!"

„Hermann, oh, Hermann!" Frieda keem nu de Allee rünnerpusten. Se keuchte und ruderte mit de Arm's. Fast weer se noch bold vör de ole Eek klabastert, fung sick ober in'n letzten Oogenblick noch.

„Hermann, häst du datt all hört?"

Kort vör Opa bremste se und sprung mit eenen Satz van't Fohrrad rünner.

„Watt schall ick denn hört hebben? Gifft denn watt Nees, Frieda?"

„Oh, Mann! Hermann, du wesst ober uk woll noch nix! Wesst du denn nich, datt de Chinesen hier her koomt? De wööt Ostfreesland öberfallen und denn koomt de mit alle Mann hier dör. Jüss hier, wo wi nu stoht, koomt de mit alle eene Million Mann dörlopen! Hermann, watt mokt wi nun denn blot?"

Se wieste mit ähre Hann op de Spur, de de Chinesen woll nähmen kunn. Ganz hibbelig wer se.

„Och, Frieda, du vertellst bestimmt dumme Tööch! De Chinesen? Hier bi us! Also! De weet doch gor nich, wo wi wohnt!"

„Hermann, du Ungläubiger! Glöw mi datt man, ganz bestimmt koomt de hier dör, mit eene Million Mann und de Gewehre!"

Oh, weer Frieda in Fohrt. Nich to bremsen weer se.

„So, so, Ostfreesland öberfallen wööt de? Denn mööt wi jo use Fenster und Dören vernogeln wägen de Verdunkelung und so."

„Jo, Hermann, ick glöw, dor fang'st du am besten furs mit an!"

Opa wuss, datt an Friedas Vertellen nix dran wähn kunn. Seeker haar se wor irgendwo watt opschnappt, in'n falschen Hals krägen und vertell nu irgendwecken Blödsinn. Leet he sick ober nich anmarken und fung an, in de glieke Kerbe to schlooen.

„Frieda," secht he und de so, at weer he uk ganz opgereegt, „wesst du watt? Föhr du nu man furs noh Huus und verbarrikadier alln's. De Fenster, de Dören und denn Schossteen nich vergäten!"

„Denn Schossteen, Hermann? Wieso denn um Gottes Willen denn Schossteen?"

„Hätt man doch all hört, Frieda. De Chinesen, de sind sowatt van lüttjet, datt de öwerall dörkrupen koomt. Dör jede Ritz und Fug und vör allen Dingen dör denn Schossteen. Datt beste is, wenn du in'n Obnt düchtig inböttst, düchtig Füer mött dorin. Denn koomt de Burschen bestimmt nich mehr dör denn Schossteen krupen! Denn verbrennt se sick nämlich denn Mors!"

„Oh, meenst datt, Hermann?" Ganz bang keek Frieda Bruns in de Gägend rüm Eventuell stunn nu jo all een Chinese aster'n Boom!"

„Bestimmt Frieda, glöw mi datt man. Ganz gefährlich sind disse lüttjen Burschen. Doch segg mol, wer hett di datt denn vertellt, datt de hier her koomen wööt?"

„Hebb ick vanmorgen hört, at Meyers Jan datt to Bremers Fiet vertellen de. Erst vertell he, de Ostfreesen harr'n de Chinesen denn Krieg ansecht, jo und denn op eenmol heppt de sick datt woll genau öwerleggt und heppt dacht, datt se de ganzen Gefangenen nich opnehmen kunn. Jo und nu sind de Chinesen woll so vergrellt wurrn, datt de nu noh hierher koomt. Jo, ober so ganz genau hepp ick datt jo uk nich mitkrägen. Ick konn mi dor doch nich henstellen und lange Ohren moken. Wor sütt datt ut! Ick bin doch kien Schludertasch!"

Nee, also, een Schludertasch! Frieda Bruns doch nich! Jede Andere, ober nich se!

Opa Hermann öwerleggte. „Oh man, oh man, oh man," seggte he, „wenn Meyers Jan datt all vertellt, denn mött dor uk watt anwähn. De hett nämlich siene Verbindungen to de ostfreesische Regierung. Sien Nichte arbeit' doch dor. Mensch, Frieda, de kennst du doch! Bäcker Gerd sien Alma! De sitt doch dor op'n Amt!"

„Oh jo, klor! De kenn ick woll noch. So, meenst, datt de em anropen hett?"

„Ganz bestimmt hett de bi Meyers anropen und hett de warnt! Oh, Gott, Frieda, ick glöw, wi köönt us man inbuddeln. Am Besten, wi boot us noch'n Bunker oder sowatt!"

„Du Hermann, wesst du watt. Ick mook mi nu gau op'n Weg, bevör de koomt. Ick mööt jo gau noh Huus dörkoomen. Nich, datt de all anfangt to scheeten und ick bin dor mittenin!"

„Is good, Frieda, schuuer di man, pass good op und denk an denn Schossteen! Ordentlich Füer in'n Obnt. Fein heet mött datt wähn."

Frieda haar all denn Foot op de Pedolen und geev mit denn annern Schwung.

„Mook ick, Hermann, mook ick!" und los weer se.

Opa gung lachend in't Huus und vertellte Oma van disse Begäbenheit.

„Hermann, ick hepp di datt all mol seggt, datt du Frieda nich immer tagen schosst."

„Och, nu loot mi doch denn lüttjen Spoß, datt is doch nich schlimm. Ober nu mööt ick gau bi Jan anropen und em datt vertellen. De lacht sick bestimmt kaputt!"

Oma schüttel mit'n Kopp, geev ober sonst kien Kommentar ab. Ähr weer de Geschichte to dumm. Arme Frieda! Weer jo sonst hartensgode Deern.

Meyers Jan lacht vandoogen immer noch, wenn datt Gespräch mol op Frieda Bruns kummt. Und Frieda, de töwt immer noch op de erste Angriffswelle van de eene Million Chinesen. An'n denn Obend hett se sick jedenfalls at in so'n Sauna föhlt. Se haar reell düchtig inbött, haar alle Fenster und Dören dichthangt und de ganze Nacht oppe Luuer leegen.

Bi achtunddartig Grod in'n Schatten haar Frieda do immer wor 'n Brikett op schmeeten, so datt sick de Chinesen man düchtig denn Mors verbrennen deen, wenn se dör denn Schossteen krupen woll'n. Ünner de Dörenklink' 'n Bessensteel stellt, so weer se good gewappnet för alle Tieten.

***

78

### Opa Meyer und de Soltstreer.

Eenes Dogs moss Opa Meyer mol utwärts schlopen. Sien Frünn Fiet, he wohnte in Meppen, harr Hochtietsdag und dor moss Opa jo hen. Oma harr sick bereit erklärt, in'n Huus to bliewen, datt Veeh to foren und so wieter. So weer datt nu mol op so'n Buurenhoff, dor kunn nich beide Parteien ut'n Huus. Opa harr ober de Inloodung van sien olen Jugendfrünn geern annohmen.

Dor in Hotel „Deutsches Haus" in Meppen wurd denn uk düchtig fiert bit an annern Morgen hen. Selbstverständlich langte uk Opa düchtig to, so datt em an nächsten Morgen de Kopp, de Oogen und de Nacken gewaltig weh de. Uk de Nääs haar watt afkrägen, denn eenmol weer he woll mit'n Kopp op'n Disch fullen und wie de Deiwel datt will, stunn dor jüss datt Beerglas in'n Weg. Erst de Krach, at das Glas rünnerfull und op'n Bodden knall, leet em wor to Verstand komen. Datt weer för em datt Signol, sien Zimmer optosöken, watt sick in boben in't sülbige Huus befund.

An'n nächsten Morgen stunn he mit'n dröhnenden Kösel vör't Waschbecken und leet sick iiskoolt Woter öwer'n Kopp lopen. Noh teihn Minuten kunn he wor so eenigermoßen klor denken.

He rasierte sick, schrapp sick dorbie natürlich datt halve Ohr van Kopp, deck datt ober mit'n Stück Klopapier af und gung noh unnen in denn Fröhstücksruum.

An den eenen Disch seeten all twee Mann, de Opa Meyer beide kennen de. Weern uk Frünn van Fiet und keemen ut Oesterriek.

„Moin!" Opa sette sick to de Beiden. Gedeeltet Leid is halvet Leid, dach he. Een van de Beiden weer jüss togang und fummel an de Soltstreer rum, at Opa sick'n Koffee bestellte.

He keek, wie de Een sick nu sien Ei schnappte, datt köppte und versochte, dor'n bäten Solt optostreen.

Uk datt veele schütteln hulp nix, denn nich een Krömel Solt keem dor ut datt ulle Ding ruut. Datt seet eenfach dicht!

Ohne 'n Ton to seggen und mit'n völlig't Swiegen beobacht Opa datt Spill dör gägenöwer. He drunk sien Koffee, dukte af und to sien Brötchen dor in und schlabber datt so sinnig wech.

Nu ünnernähm uk de tweete Gast dor an'n Disch denn Versök, man blot een Krömel Solt ut denn Streer to kriegen. Nix!

Nu weer Opa an'n Tour. He köppte sien Ei, nehm sick denn Streer, dreih denn Deckel af, nehm sick'n Kuusenspieker ut das lüttje Glas, watt dor op'n Disch stunn und pul van ünner denn verkrusteten Deckel open. Fein säuberlich drückte he jedet Lock open, so datt datt Solt wor rieseln konn.

Een wenig dorvan op't Ei und Opa verputzte datt mit Genuss. Noch'n Schluck Koffee, denn stunn he op, seggte wie immer, „Moin, Moin!" und gung ruut. He wull nämlich nu denn nächsten Zug noh Huus kriegen.

Jüss, datt he ut de Dör is, dreihte sick de een Oesterrieker to denn annern um und segg: „Ist ja komisch, eigentlich mag ich die Deutschen ja überhaupt nicht, aber eines muss ich ihnen ja lassen, technisch sind sie uns wirklich weit überlegen!"

### Datt Ei in'n Bett!

„So, Herta, ick hepp genog, ick goh in't Bett!" Opa gähnte luut und herzhaft, pulte sick ut sien Sessel hoch und schlurfte in sien Pantoffeln in't Bodezimmer.

Uk Oma reckte sick. Denn ganzen Dag weer'n se tuten wähn. Döschken weer ansecht. Datt weer'n Knokenarbeit und'n Arbeitsdag van morns Klock fief bit nu. De Zeiger van 'ne Klock wieste all op de ölben.

Watt man hier op ditt Bild so viellich at Idylle ankieken konn, weer domols harte Arbeit: datt Kurnmeihen.

Een Tass' Tee harr'n se sick noch mokt to'n Afschluss. Gottseidank harr'n se Glück mit 't Wäär. Denn ganzen Dag weer datt heet wähn und de Sünn haar brennt.

Nu hörte man allerdings so ut de Fern' datt Grollen van'n Himmel. Dor keem bestimmt 'n Gewitter.

„Mensch, Hermann, dor köönt wi ober van Glück seggen," meente se, at Opa ut'n Bodezimmer keem, „morgen kann datt mienetwägen denn ganzen Dag öwer reegen, watt dor rünner will. De Arbeit heppt wi erst mol wunn'. Gottseidank!"

„Datt machst woll seggen," erwiderte Opa, „nu markt man datt ober doch, datt man öller watt. Dor geiht di de Arbeit ober sturer van'ne Hand!"

„Naja, Hermann, lang brükt wi jo nich mehr, denn sett wi beiden us op't Oolendeel. Denn loot de Jüngeren datt man moken."

Opa leet de Schullern hangen. He weer schachmatt und kaputt. He föhlte sick, at wenn se em dör'n Fleeschwulf dreiht harr'n. Oma dorgägen wuselte noch dör't Huus.

„Ick rüüm noch gau de Köök op. Goh man all in't Bett. Ick koom uk furs!"

Jüss in denn Oogenblick, at Oma de Koffeekann', Gottseidank de ole, to'n Spölbecken röwerdrogen woll, fung Opa an to schreien.

„Hertaaaaaa!"

De harr vör Schreck de Koffeekann' fallen loten, so datt de op denn steenernen Footbodden in dusend Stücke flog.

„Hermann, Watt is los? Hermann, wo bist du?" Oma reet de Dör noh'e Schlopstuv open und stunn vör Opa.

„Mensch, Herta, kiek mol! Watt is datt denn? Haar ick mi fast roppsett!"

Opa stunn dor in'ne Dör in sien Schloopanzug und, – Henne Berta op'n Arm.

„Hermann, wo häst du denn de Henn' her?" Oma schüttelte mit'n Kopp.

„Ut mien Bett" De leeg bi mi in't Bett!" Opa weer ganz uuter sick. „Lach man nich, Herta, de ole Henn hätt 'n fein't dicket Ei in mien Bett leggt!"

„Ach, du dicket Ei!", weer Omas Kommentar. Se stunn immer noch in de Schloopzimmerdör, schüttelte mit'n Kopp, de Hann in de rundlichen Hüften stemmt und lachte. „Use Henne Berta in'ne Schlopstuv! Tsss!"

Opa föhlte mit de Hand de Kuhl, in de de Henn leegen haar. „Und datt blot, wiel denn ganzen Dag datt Fenster open stohn hett," meente he. „dor is woll de dumme Henn hier rinflogen, hett sick datt gemütlich mokt und'n Ei in mien Bett leggt!"

So weer datt fröher in de „goode ole Tiet". Stur!

„Hermann, segg mol, du vertellst de ganze Tied irgendwatt van'n Ei, watt vör'n Ei meenst du denn? Wo is datt denn?"

„Och Herta, datt Ei?"

„Jo, datt Ei! Du häst doch seggt, datt de Henn 'n Ei in datt Bett leggt harr, oder watt schnackst du de ganze Tiet?"

„Jo, jo, datt dicke Ei." Opa weer verlägen. „Jo, Herta, datt Ei, datt licht, datt licht, - dor boben op'n Schrank!

83

At ick de Bettdääk opschloen woll, is datt mit'n Schwung dor boben op't Schapp flogen!"

„Hermann, nu hör op to albern und geev mi datt Ei oder häst du letzten Enn' gor kien und häst mi verschaukelt?"

„Nee, Herta, wurd ick mi doch nie nich erlauben. Ganz bestimmt weer dor 'n Ei. Sogor twee Stück weern dor! Een lüttjet und een dicket. Datt lüttje licht dor jo noch op dien Koppkissen!"

Oma keek op ähr Kissen. Dor haar doch de ole Henn mitten op ähr Koppkissen so'n grönen Hoopen hensett.

„Igitt, Hermann, gröne Höhnerschiet op mien Kissen. Datt draff doch woll nich wohr wään!"

Mitten op datt Kissen haar de henn groden Hopen hendreiht. „Nu mööt ick jo woll noch datt Kissen nee betrecken. Oh, man, oh man. Los Hermann, du holst di nu erst mol 'n Lappen, de lüttje Letter und wischt denn Schrank äben't gau rein."

Twintig Minuten loter leegen de Beiden denn ober selig schlummernd in ähre Kissen. Oma dröömte in disse Nacht van ganz, ganz veele Höhner und van noch mehr Eier und Opa, na, de dröömte van so'n groden Pott vull Höhnersopp!

### De Star – Verköper.

Stintsen Fiet, 'n wirklich feinen opweckten jungen Kerl. Jüss mol neegenteihn Johr old weer he ditt Johr wurrn. Opa Hermanns Neffe van Vadders Siet, een ut de Linie van Ur – Opa Petersfeld. Een ganz taage Linie, wie man immer wor fasstellen kunn.

Allesamt, so wie se keemen, weer'n se nich op'n

Mund fullen und gung datt mol um Utreden, so mokte ehr so licht nümms watt vör.

Stintsen Fiet. Schlagfertig weer de Jung, man konn blot staunen. Fiet arbeit öwrigens bi Hinrichs in Augustfehn. Datt man so at Vörwarnung, falls ji dor mol watt köpen wööt. Wenn datt mol de Fall wäsen scholl, wend´ jo man ruhig an em. Verköpen kann he jo uk datt, watt man gor nich brükt!

So at letzte Wääk. Fiet weer jüss ut´n Urlaub wor in´t Geschäft. Chef Carl Hinrichs keem ut datt Kontor in denn Loden stürmt.

„Du, Friedrich, du musst mal ´ne Zeit ohne mich auskommen. Ich muss nun endlich mal die Bücher auf Vordermann bringen. So geht das ja nicht weiter. Kommst wohl ´ne Zeit ohne mich klar? Wenn was ist, kannst ja rufen!“

„Ist doch klar, Chef! Machen sie man ran, ich pack das schon.“ Fiet strotzte vör Selbstbewusstsein.

Jüss eben, at Chef Carl de Erste denn Loden verloten woll, klingel datt an de Lodendöör. Carl Hinrichs dreihte sick üm und seech ´n prächtiges Froonsbild denn Loden betreern.

„Moin!“

Lotti Wilken, van sowatt konnst man blot drömen, stunn dor in´ne Dör.

„Moin, Frau Wilken,“ erwiderte Carl Hinrichs, „womit können wir Ihnen denn behilflich sein?“

Mit schlanken Schritt keem Lotti Wilken dör denn Loden gerauscht.

„Moin, Herr Hinrichs, Nägel brauche ich, kleine und große und Krampen brauche ich auch noch, so ein Pfund circa!“

Carl Hinrichs weer all jenseits van Gut und Böse. Froonslüe weern vör em blot Froonslüe. Deshalb keek he gor nich so genau op Lottis Rundungen. Sowatt interessierte em nich mehr.

„Jo, Frau Wilken, dann wenden sie sich man vertrauensvoll an unseren Star – Verkäufer Stintsen Friedrich. Der wird ihnen schon das Richtige raussuchen."

Lotti Wilken keek erstaunt, dreihte sick noh 'e Siet und seech Fiet, de dor grinsend at so'n Hönnigkookenperd astern Tresen stunn.

Oogen at so'n Teddy, Backen so rot wie de van de Kinners ut de Werbung und'n Mund so breet at'n Kiss'. Datt weer'n Bild van Verköper.

„Tag, Herr Stintsen, sie haben ja schon gehört, was ich brauche."

„Moin, Frau Lotti, alles hab' ich gehört, nur, - Stintsen heiße ich nicht! Mein Name ist Beeken. Friedrich Beeken!"

„Aber, aber, aber", stotterte Lotti Wilken, „der Chef sagte doch, sie heißen Wilken. Was denn nun?"

„Ja, richtig, hat er ja auch recht, aber richtig heiße ich Beeken. Nur rufen tun mich alle Stintsen Friedrich. Dürfen sie aber auch gerne zu mir sagen, Frau Lotti!"

Lotti Wilken schüttkoppte. Se kunn datt jo uk nich wäten, wie datt mit disse Nomensgäbung tohoophangen de.

„Naja, Frau Lotti, welche Nägel sollen es denn sein? Große oder Kleine, Gestauchte oder mit glattem Kopf? Wofür gebrauchen sie die denn?"

„Och, ich brauch' die gar nicht, aber mein Mann, der baut sich ein neues Carport. Ja, sie wissen doch, so ein Ding, wo man ein Auto drunter stellen kann!"

„Jo, kenn ich wohl. Hat mein Opa auch. Er fährt da allerdings immer seine Ackerwagen und die Egge drunter und das Ding heißt bei ihm Remise!"

„Mmmh, kann schon sein." Lotti Wilken blickte all nich mehr dör.

„Und Krampen brauchen sie auch noch, sagten sie? Dann müssen es aber schöne, lange sein. Schrauben, Frau Lotti, wie sieht's denn damit aus? Ein Paket Schrauben braucht ihr Mann doch sicherlich!"

Oma Hertas Höhner. Ganz rechts de ole Henn' Berta. Mitten drin de Hohn Fridolin. Mit siene enorme Grötte weer he de Chef in'n Ring. Datt kregen manchmol uk Oma oder Opa to marken. Wenn man hier nich gau genog weer, beet Fridolin di so in't Been.

„Kann schon sein! Welche müsste ich denn haben?"

„Hol' ich ihnen!" Fiet langt in't Regol und holte Schruben und Nogels, lüttje und grode.

„Und Werkzeug, die Dame, wie sieht es denn damit aus? Hat ihr Mann denn wohl alles, wenn er sich an ein solch' gewaltiges Bauwerk wagt?"

„Och, weiß ich eigentlich gar nicht!"

„Hat er denn 'ne Kappsäge, 'ne vernünftige? Hat er denn 'ne Bügelsäge, Hammer, Schlossschrauben, Wasserwaage, Schnurwaage? Alles Sachen, die man braucht!"

„Hat mein Mann bestimmt nicht. Aber sagen sie mal, was kostet denn eine solche Knacksäge?"

„Kappsäge, Frau Lotti, Kappsäge heißt so'n Ding! Damit sägt man die Bretter und Balken auf Gehrung!"

„Nun lassen sie es aber mal gut sein! So'n Holz, das gärt doch nicht! Ich glaube, sie erlauben sich einen Scherz mit mir."

„Nein, Frau Lotti, würde ich mir doch niemals nicht erlauben!" Fiet weer in sien Element. „Nein, Frau Lotti, eine solche Säge kostet so rundherum um die fünfhundert Mark. Kein Geld, wenn man die Qualität betrachtet. Die hält ein Leben lang und ihr Mann kann jeden Tag damit sägen, hin und her und hoch und runter!"

„Wissen sie was, junger Mann? Packen sie mir man das Ding ein. Mein Mann hat nämlich nächste Woche Geburtstag und dann schenke ich ihm diese Knacksäge."

„Kappsäge, Frau Lotti! Kappsäge heißt das Ding!"

Noh circa 'n halve Stunn keem Hinrichs Corl in denn Loden, um sick denn Bleefedderanspitzer to holen, de op denn Tresen leeg. He keek verwundert.

„Na, Frau Wilken, kommen sie denn zurecht? Finden sie auch alles?"

„Och, alles in Butter, Herr Hinrichs, bestens!"

Somit weer Chef Carl de Erste uk all wor verschwunden und seet öwer siene Böker.

„So, Moment, halten sie mir man die Türe auf. Ich helfe ihnen, die Sachen rauszutragen." Hilfsbereit wie immer schnappte sick Fiet de grode Soog und verstaute se in Lotti Wilken ehr Auto. Wor rin in'n Loden. De Bohrmaschin', de Oberfräse, Schüpp, Bügelsoog, Woterwoog, de Schruben und letztendlich de veer Paket Nogels.

„Die sind ja nie weg, Frau Lotti. Da ha'm se ihr ganzes Leben was von.  Und denken sie an die Qualität, Frau Lotti! Schier Qualität, das alles!"

„Und eines noch", meen he, at Lotti Wilken all in'n Wogen seet, „denken sie frühzeitig an den Winter. Heizöl und Brikett. Reinste Qualität! Vielleicht noch'n fünf Zentner Eierkohlen dazu? Sind ja nie weg! Unser Wagen fährt schon seit Wochen!"

Friedrich kunn't nich loten. Von morn's Klock acht bit obends um Klock sess verkoffte he alln's, watt Corl Hinrichs antobeen haar. Natürlich uk Heizöl und Brikett!

„Oh, gut, dass sie das erwähnen, Herr Stintsen Friedrich. Schicken sie uns den Wagen man auch vorbei!" Mit dissen Satz und eendusenddreehundertachundsesstich Mark und fief Groschen mehr in de Kass' klackte de Dör int Schlott.

„Beehren sie uns bald wieder, Frau Lotti!" Fiet mokte 'n Bückling, denn Kopp wiet noh ünnen bögt und , und....! Watt sehen siene Oogen dor? Watt weer datt denn? Van sien rechten Schoh löste sick de Sohl'!

„Das darf doch wohl nicht wahr sein! Hab' ich doch erst vor zwei Wochen bei Schuster Schmidt gekauft! Und nun schon in'n Dutt? Schiet Qualität!"

He dreihte sick üm und jüss, at he de Lodendöör erreicht haar, seech he in Blickwinkel een grodet Auto vörföhren. Unverzüglich mokte he op'n Absatz kehrt und blew vör de Dör stohn.

Froo Fabrikantin Wellershoff. Erkenn Fiet mit een eenzigen Blick. Föhrt mit Chauffeur! Nümms nich int Dörp föhr hier so'n Auto, geschweig denn, kunn sick so'n Ding leisten. Mokten in Fleesch, Wuss und Schinken. Im- und Export.

Fiet setzte sien bestet Grinsen op. „Hoffentlich sieht sie nun nicht mein demoliertes Schuhwerk! Oh, Gott!"

Twee, dree Schreer noh vörn und de Dör van de schwarte Limousine openmokt. Mit'n noch deeperen Bückling at e-ben, fast haar he denn Asphalt küsst, een Utholbewägung mit sien linken Arm und een: „Bitteschön, gnädige Frau, treten sie näher", hofierte Fiet de elegante Madam Wellershoff in denn Loden.

„Womit kann ich ihnen denn heute behilflich sein? Wie geht es Ihnen, Frau Wellershoff? Hoffentlich doch gut, wie man sieht. Stehen ja in der Blüte ihres Lebens, die Dame. Wie geht es denn ihrem werten Gatten?"

„Sagen sie mal. Wollen sie mir ein Gespräch aufdrängen oder können sie mir auch etwas verkaufen?"

„Oh, entschuldigen die Dame, womit kann ich denn dienen?" Frau Fabrikantin weer vandoogen nich good drop! Achtung, Friederich!

„Ich hätte gerne einen Strahlenfänger!"

Mmmh??? Fied toog sien Nääs kruus. Datt de he immer, wenn he watt nich wuss.

„Hol ich ihnen sofort. Einen Augenblick Geduld, die Dame!"

Niemols in sien Läben haar Fiet datt togäben, datt he irgendwatt nich wuss. Datt ging an siene Verköperehre, doch watt weer verflixt noch mol 'n Strohlenfänger?

„Ein Strahlenfänger, ein Strahlenfänger, ein Strahlenfänger!" Friederich murmelte op denn Weg int Loger immer und immer wor ditt Wurt. Verflixt, een Strohlenfänger. Selbstverständlich haar he nu jo Chef Corl frogen kunnt, aber....? Ne, ne! Wenn Fiet watt verköpen de, geev datt keine Probleme!

Hoch und dool gung sien Blick. Wieso geev datt uk so veele Soken in dissen Loden?

„Aaah!" Wie anwuddelt blew Fiet vör datt Regol stohn und weer vullkomen ut'n Häuschen. Siene Oogen glänzten. „Da ist ja der Strahlenfänger!" At so'n Zinnsoldat stunn he vör datt Regol und keek noh boben. Wo ist de Letter? Her dormit!

Rupp op de Trittletter und hoch noh boben. Dor haar he nun endlich denn van Froo Fabrikantin Wellershoff gewünschten Strohlenfänger in'ne Hann'.

„Das ich da auch nicht eher drauf gekommen bin! Mensch Friederich, ne", segg he to sick, „wo hast du auch deine Gedanken? Jungchen, Jungchen, weiß nicht mal, was 'n Strahlenfänger ist!"

Een wirklich feinen Strohlenfänger weer datt, denn he nu in siene Hann' holen de. Boben rum mit feine Verzierungen und ganz emailliert. Sogar all fortschrittlich bestückt mit twee Henkels. Oh, weer datt ober 'n feinen Nachtpott!

Ganz stolt keem Fiet mit sienen „Fund" in denn Loden trög.

„Entschuldigen sie, werte Dame, dass sie solange warten mussten", segg he, „dafür habe ich ihnen aber einen wirklich wunderschönen Strahlenfänger rausgesucht! Erst dachte ich ja schon, wir hätten gar keinen mehr auf Lager!"

Stolz placierte he denn Nachtpott direkt vör Froo Wellershoff op'n Tresen. At he nu jedoch grinsend in ehr Gesicht keek, dacht he, se explodierte. Puterrot stunn se vör em.

„Herr Verkäufer, wollen sie mich etwa beleidigen? Was soll ich da denn wohl mit anfangen?" Friederich weer sick kiener Schuld bewusst. „Das ist doch ein Nachttopf, oder als was würden sie das bezeichnen?"

„Ja, aber, das ist doch ein, ein, ein, ja, so ein gewisser Strahlenfänger!?"

Fiet molte dorbie mit siene Hand eenen Bogen, denn de Strohl doch woll moken konn.

„Würden sie mir wohl mal ihren Chef holen, junger Mann?" Froo Wellershoff kokte!

Corl Hinrichs weer in de Twüschentied ut sien Kontor ruutkomen, gung jedoch unvermittelt in't Loger. Blot een: „Guten Tag, Frau Wellershoff!", denn weer he wech. Denn ganzen Schlamassel haar he aster sien Pult mit anhört und sick dacht, datt he nu doch erst Mol ingriepen moss.

Oft hett Opa hier an disse Stell' seeten, wenn he 'ne Tour um't Twüschenohner Meer mokt harr.

Mit'n Lachen keem he wor in'n Loden. „Nun lassen Sie es man gut sein, Frau Wellershoff, sie verderben mir ja meinen besten Verkäufer. Unser Friederich weiß mit Sicherheit nicht, was ein Strahlenfänger ist, sonst hätte er ihnen doch einen verkauft."

In de Twüschentied haar he eenen trapezförmigen Gägenstand mit'n Lock in'ne Mitt' op'n Tresen leggt.

„Guck mal, Friederich, das ist ein Strahlenfänger. Du weißt doch, dieses Ding schiebt man oben auf eine Petroleumlampe. Damit die Strahlen der Lampe auf dem Tisch bleiben und nicht so vor sich hin und hin und her im

92

bleiben und nicht so vor sich hin und hin und her im Raume rumschweben. Deshalb ist auch die Unterseite weiß. Hier guck eben, wegen die Reflexion ist das!"

Friederich nickte, Froo Wellershoff nickte und uk Corl Hinrichs nickte. „Man nix für ungut, Frau Wellershoff und grüßen sie den gnädigen Herrn recht schön. Tschüss Frau Wellershoff!" Dormit weer he wor ut'n Loden verschwunden.

„Was kostet denn nun dieser Strahlenfänger, junger Mann, oder wissen sie das auch nicht?"

Se weer ober viellich bissig! Fiet leet sick jedoch kieneswägens irritieren und ut de Ruhe bringen.

„Moment, gnädige Frau, ha'm wir gleich!".

Dorbie hol he een ole Kladde ut denn Utzug und fung an, dorin rumtoblöörn. De Sieten hen und her, een Blick noh links, een Blick noh rechts. Eenmol denn Finger natt mokt und umblöört.

„Aah!, da ist er ja!" Sien breeten Mund wurd nu noch'n bäten breeter.

„Strahlenfänger klein, Strahlenfänger groß. Strahlenfänger groß." Dorbie stüer he mit'n Finger de Tabellen hoch und rünner. „Ja, da steht's ja! Neunundzwanzig Mark und neunundneunzig Pfennig, gnädige Frau!"

„Was?" Erst harrst woll denken konnt, datt de Froo noch an't Wassen weer. Öwer teihn Zentimeter grötter wurd se. „Für einen solchen Blechteller fast dreißig Mark!?" Um een Hoor weer ehr disse wunderschöne Strohlenfänger op'n Bodden fulln.

„Gnädige Frau, nun seien sie doch nicht so entrüstet, wir machen die Preise doch auch nicht. Allerhöchstens fünf Pfennig haben wir an diesem exklusiven Qualitätsprodukt an Gewinn. Und bedenken sie, so'n Ding ist ja nie weg, da ha'm 'se ewig was von! Wolln, wolln, wolln sie noch so'n Ding mitnehmen?"

Friederich keem rechschom in Tritt. „Nun ist aber gut, junger Mann, hier haben sie dreißig Mark. Einen Pfennig bekomm ich aber noch von Ihnen wieder raus. Unsereins muss ja schließlich auch mit dem Pfennig rechnen!"

Fiet händigte ehr denn Pennig ut, bedankt sick noch mol för dissen unwohrschienlich dullen Koop und gung to de Dör. At so'n Gentleman hol he de Froo Fabrikantin van de Firma Geiz und Gnädig de Dör open und suuste an ähr vörbie. He reet denn Wogenschlag open, bückte sick nochmol, at se instiegen de und leet mit'n lüttjen Klacken de Dör botterweek int Schlott fallen. Mit'n summenden Motor rauschte de Limousine' vandannen.

„Chef! Chef!" Fiet suuste in'n Loopschritt in't Kontor. „Chef, ich muss mal ganz schnell eben nach Schuster Schmidt rüber, meinen Schuh reklamieren". Corl Hinrichs keek op Friederich, sienen grauen Kittel und op de Schoh.

„Jo, Jung, geh man, ist ja sowieso im Augenblick nix los. Beeilst dich aber!"

„Gut Chef!" Wech weer Friederich, ruut ut de Dör.

De hundert Meter bit noh Schmidt nehm Friedrich in'n Galopp, stürmte in denn Loden und: „Ist Lisa gar nicht da?" Friederich haar op de lüttje Lisa, de dor bi Schoster Schmidt at Verköperin arbeiten de, 'n Oog schmeeten. Sien lüttje Botterbloom und so freite he sick immer, wenn he mol, uk man blot so in'ne Middagsstunn' eenmol mit siene Dirn „Händchenhalten" droff.

„Ne, is nich da!" Wilma Klingenberg. „Dralle Puppe", segg Friederich immer, wenn he se seech. Blot in'n Gägenwart van Lisa droff he Wilma nich erwähnen.

„Wo ist Lisa denn?"

„Weiß nich, is weg!"

So'n lüttjet bäten primitiv weer de Wilma jo all, ober oft all harr se de Mannslüe int Dörp denn Kopp verdreiht.

## Mien Land.

Watt bin ick froh,
datt ick hier wohn´
hier ist datt Läben rund üm to,
wo finst´ datt sonst, segg wo?

Urlaub brückt wi hier doch nich
in us wunderschöne Land,
sind wi hier doch mittenin,
und fast an´ne Woterkant.


Gröne Weiden, schwarte Felder,
schwartbunt Veeh, und düstre Wälder,
Regenbogen öwern Horizont,
wäst froh, datt ji hier wohnt.

Wi wohnt in´n Paradies,
man mött datt nur erkennen
sauber´t Wooter, schmucke Hüüs,
und schmucke Rosen ohne Lüüs.

Watt bin ick froh,
datt ick hier wohn
hier ist datt Läben rund üm to,
wo finst´ datt sonst, segg wo?

Ji wööt nu wäten, wo datt is,
datt Land, watt ick hier meen
is Dag vör Dag us Urlaubsland,
us schöne Ammerland.

„Das ist ja schade!" Friederich stunn dor enttäuscht und bedrüppelt.

„Was wünschen sie denn, junger Mann?"

Dorbie dreihte Wilma ähr strammet Achterdeel und de langen Been dör denn Loden, so datt Friedrich man ganz anners und drüselig in'n Kopp wurd.

„Och", segg he, „ich wünsch mir so, wenn ich so um mich sehe, eine ganze Menge, aber haben möchte ich eigentlich nur 'ne neue Sohle unter meinem Schuh!"

## Moritz.

Oma Herta und ähr Moritz. Een ganz stolten Herr, disse Moritz, kann ick jo seggen. Dör und dör Kavalier gägenöwer de Froonslüe und immer schmuck utstaffiert. At so'n Hohn op'n Mess leep he daginn, dagut dör de Gägend. Anfangs harr'n wi, datt heet, de Rest van us Familie, arge Bedenken, at Oma em us at ähren neen Frünn vörstellte. Opa weer nu jo man jüss äbend ünner de Eer und nu furs all 'n neen Frünn? Naja, Oma weer jo old genog und moss doch letztendlich sülms öwer ähr Läwen entscheiden. Schließlich haar se ähr Läwen, uk in Not und Leid, in'n Krieg und in goode Tieten, immer fast in'ne Hand hat. Immer hätt se us all versorgt und wenn datt uk man blot mit goode Rotschläg wähn is.

Ober nu datt! Oma weer natürlich jo öwerglücklich, datt se nu endlich wor jemanden harr, denn se betüdeln konn. För em Äten koken, sien Bett moken, för em sorgen und, und, und.

Ick dorgägen ober weer de Meenung, datt se bi disse Liebelei uk'n bäten harr an Opa denken mosst. Uk datt se dissen Moritz furs mit Vörnomen anspreken de. Naja, ick weet nich.

Und wie se em kennenleernt hett. Unmöglich! Datt weer an'n Dag van Opas Beerdigung. De letzte Besök weer jüss gohn, so vertellte Oma, dor haar he op'n Hoff seeten und mit siene runden Knopoogen de Dör hypnotisiert.

Wer sett sick all mitten op'n Hoff? Is jo 'n Unding! Mit Seekerheit hett de van Opas Dood wusst und nu viellich glöwt, hier in't Huus free Bohn to hebben. Bestimmt sogor!

Den Rest van us Familie harr he bestimmt nich so umtüdeln konnt, ober Oma mit ähre Trauer, dor harr he 'n eenfaches Spill.

Jüss Oma Herta haar ick ober 'n bäten mehr Distanz totroot. Immer weer se de Dominanz in't Huus wään. Haar mit Schärfe, ober uk mit Leew und Güte regiert und alln's to'n Besten richt. Deswägen verstunn ick Oma in dissen Fall uk so wenig. Opa weer doch so'n feinen Kerl wään. Und nu datt!

För Oma geev datt nix anners mehr uuter ähren Mo-ritz. Moritz, Moritz, Moritz, watt anners hörtest gor nich mehr in ditt Huus. Se hett us vertellt, datt se em, at he jeden Obend wor op'n Hoff seet und datt immer an de glieke Stell', eenes Obends so'n bäten Kortuffelbree und Gulasch henstellt haar. Datt, watt so van Middag öwerbleewen weer, harr se em fein anricht op'n Teller henstellt.
He harr alln's verputzt. Sogor denn Teller harr he aflickt. Also, doran süsst jo all, watt he för'n Charakter harr. Dischmanieren harr he woll kiene, denn de Teller weer so sauberlickt, datt man em so, ohn to waschen, wor in'n Schrank stellen konn. Und mit sowatt geev Oma sick af. Pah!

Af nu keem Moritz natürlich jeden Obend. Harr blot noch fehlt, datt Oma em mit int Bett nohmen harr. Datt weert denn woll wään. At in Dullhuus!

Nu weern woll all dree Wäken vergohn. Pünktlich jeden Obend Klock sess seet Moritz at so'n Pfau op de Steen und keek de Huusdör an. Oma keek ut'n Fenster, seech em

Koter Moritz und Mini, een van siene Kinner. Mini leewt vandoogen immer noch bi Oma und is uk in't Wesen datt Ebenbild van sien Vadder.

dor sitten, nehm denn all vörbereiteten Teller und gung noh buten.

98

Moritz harr all töwt. He harr Schmacht und he mooch Oma. Doch vandoogen passeerte watt, wormit nümms nich reekend harr. Moritz bedankte sick. He keek Oma an und miaute ganz luut, so, at wenn he seggen woll: Fein, datt du noch an mi denkst!

Op de Klinkersteen seet Oma op de Kneen, nehm denn feinen Koter und drückte em ganz sanft.

Een wunderschönet Tier. Een dichtet, graugetigertes und'n samtweeket Fell van Kopp bit noh'n Steert und, - he harr'n Krüütz op de Stirn. Genau twüschen de Oogen harr he 'ne Teeknung, de jüss at so'n Krüütz utseech. För Oma Herta weer disse Koter een Geschenk van Himmel.

Mancheen hett oft öwer Oma lacht, to'n Bispill immer denn, wenn se seggen de, datt disse Koter Opa weer, de so at nee Seel wor op de Welt trög koomen weer. Jo, jo, komisch weer de Geschichte jo all, denn worum weer de Koter jüss an Opas Beerdigung herkomen?

Nümms hett je ruutkrägen, woher de Koter komen weer und wo he henhörte. He weer eenfach dor und datt nu all siet Wäken an jeden Obend pünktlich um Klock sess!

Moritz weer so'n rechten Schmusekoter. Krallen hett man bi em nie markt. Seeker wuss he gor nich, woför he de harr.

Een poor Doog loter leet Oma denn de Dör wiet open stohn, nohdem se em datt Foor ruutstellt harr. Se hoffte insgeheim, datt de Koter doch mol int Huus komen scholl. Datt dee he ober nich, denn sobold he denn Teller leerputzt harr, miaute he twee Mol, seggte also Danke und wech weer he. Kien een wuss nich, wohenn.

Ick hepp mi'n poor Mol de Mühe mokt und bin aster em an föhrt. Een Tied lang gung datt ganz good. Moritz leep immer an'ne Stroot langes. Manchmol blew he sitten, keek sick um, seech mi und leep wieter. So gung datt ganze teihn Minuten. He harr mi stets in'n Blickfeld.

Irgendwann mokte he ober'n Satz öwer'n Groben und verschwunn ünner'n Hoog. Selbstverständlich hepp ik denn alln's afsocht, kunn em ober nich utfindig moken. In jede Eck und jeden Winkel hepp ich nohkeeken, Moritz weer nich to finden. Und doch moss he hier irgendwo steeken, datt spürte ick. Jo, ick harr sogor de Vermutung, datt he hier irgendwo seet und mi beobachtete.

Een poor Doog bin ick immer wor aster em anföhrt und hepp trotz alldem nie ruutkrägen, wo he sick versteeken de.

*\*\**

Oma Herta seet obends gägen Klock sess in de Köök an't Fenster und töwte op denn Koter. Vandoogen woll se mol ähre Taktik ändern und versöken, ob se datt nich doch schaffen de, denn Koter an datt Huus to gewöhnen.

Moritz keem de Stroot langeslopen. Oma seech em und stellte sick mit datt Fooer in'ne Hand vör de Dör. „Moritz!", reep se. Man konn nu sehn, wie der Koter sienen Gang änderte. Denn Steert hoch in'ne Luft keem he op'n Hoff. Doch Oma stunn dor immer noch und hol denn Teller in'ne Hand. He keek verdutzt.

Oma streckte em denn Teller entgägen, wieste em datt leckere Fräten und versochte, mit Ropen und „Fooer wiesen" denn Koter bit int Huus to locken.

Nix! Moritz leet sick nich öwerlisten. He blew wie anwuddelt mitten op'n Hoff sitten. Man harr an disse Stell woll'n Krüütz moken konnt, denn he seet immer genau op denn selben Fleck. Komisch!

Oma stunn immer noch mit denn Teller in'ne Hand vör de Dör. Und Moritz weer an betteln. He miaute solang, bit Oma denn Teller vör em henstellte.

Nohdem he denn Teller wie immer blitzsauber verputzt und aflickt harr, schleek he sick wor vandannen. So gung datt jeden Obend. Oma Herta seech dorgägen uk kiene Fortschritte in ähr Bemöhen, ut dissen Koter 'nen Huuskoter to moken.

***

Nu weer'n all wor Wäken vergohn, at Oma Herta in ditt milde Vörjohr doch all so af und to de Huusdöör open stohn leet, sodatt immer 'n lichten Luftzug dör't Huus weihen de. Se weer vandoogen denn ganzen Dag ünnerwägens wähn. Weer'n schworen Dag wähn, Opas Geburtstag! Datt bedüete denn schworen Gang noh'n Karkhoff. To'n ersten Mol möss se Opas Geburtstag op'n Karkhoff fieren.

Eenen wunderschönen Blomenstruuss harr se sick in'n Blomenloden binden loten. Mit dissen und mit de gröne Kunststoff – Voos weer se nu op't Tour noh Opas Graff.

Se schov ähr Rad, dormit de feine Struuss nich Schoden nehm. Datt weer'n jo uk man blot 'n poor Meter bit op'n Karkhoff.

Bold dree Stunden harr se bi Opa an't Graff tobrocht, harr all de veelen Planten und Blomen ordnet und plägt. Uk'n bäten Woter haar se dorbie dohn, schließlich harr de Gärtner datt Graff jo erst vör'n poor Doog inebnet.

Offenbor, de veelen Blomen noh to reeken, weer vandoogen uk all anner wer hier to Besök wähn und harr'n Opas Geburtstag fiert.

Se packte ähre Sooken tohoop. Eenmol noch harkte se fein säuberlich um datt Graff herum und verafscheed sick. „Mook datt man good, Hermann!", segg se, streek mit de Hann nochmol kort öwer denn Graffsteen, dreihte sick um und gung leis' wech. Datt weer'n sturen Gang. Se mokte noch ähre Runn' an all de veelen Steen vörbie, keek, wer denn hier all leeg und öwerleggte, wenn se dorvan denn all noch kennenleert harr. Dorbie keemen 'n ganzen Bült Nomen tohoop.

Se kunn sick noch good erinnern, an denn Eenen oder Annern. Mit veele tohoop harr se de Schoolbank drückt. Und nu? Se weer eene van de wenigen, de noch op'e Welt weern.

*** 

Se mokte sick op denn Weg noh Huus und moss sick sputen, denn vandoogen haar noch jemand Geburtstag, ähr lüttje Enkelsöhn Erik. All siet twee Johr stapfte disse lüttje Racker op Gottes Erdbodden rum und Oma moch em geern um sick heppen.

Hermann harr sick immer freit. Erik weer sien ganzen Stolt wähn. Fröher, in siene bäteren Doog, bevör de Krankheit utbroken weer, harr he immer wor to denn Lüttjen segg, datt se irgendwann mol tohoop angeln woll'n. Dicke und grode Fische woll'n de Beiden fangen.

Klor, Erik konn noch nix dormit anfangen, watt Opa em dor vertellen de, ober he lachte immer und freite sick, wenn Opa mit siene dicke runzelige Nääs und de veelen Falten in't Gesicht em watt vertellte.

Oma holte 'n Taschendook ut ähre Handtasch' und wischte sick de Tronen van't Gesicht. Haar datt nich uk anners komen konnt mit Opa? Harr'n de Beiden nich noch'n poor Johr tohoop läwen konnt?

*** 

Datt weer woll all so in'ne Obendtied, at Oma wor in't Huus ankeem. Fred harr se mit sien nee't Auto, irgend so 'ne flache Flunder, wie se disse flinken Autos nennen de,

102

vör de Huusdöör afsett. Mehr Tiet harr he nich för Oma öwrig hatt, denn siene lüttje Freundin töwte woll all. So blew datt man bi jüss twee Minuten. „Schade," seggte se blot, „na, denn Tschüss, mein Jung', und pass auf dich auf!"

Fred suuste wor los, Oma schloot de Dör open und gung in't Huus. „Naja, wenn de Jung' denn mol Geld brükt, schall he uk woll mol 'ne Stunn Tiet vör mi heppen!"

„Mensch, is datt hier ne stickige Luft," meen se, at se in de Köök keem, „naja, is ober jo uk denn ganzen Dag nich lüft wurrn!" Dorbie geev se de Dör noch'n lüttjen Stoss, so datt de open stohn blew. Bumms! Datt weer de lüttje Schohschrank, de dor aster de Dör stunn.

Köökendör open, datt Fenster open. „So, nu kann hier erst mol frische Luft rin!" Oma schnackte in de letzte Tiet tämlich veel mit sick sülms. Mit wenn uk sonst? Dor weer jo nümms mehr und de veelen Besök van de Kinners und all de annern Verwandten weer so noh und noh immer mehr utbläwen. Trotzdem weer se nich untofreern. „So ist datt nu mol," segg se.

„So, nu erst mol 'ne fein Tass Melk mit Hönnig," murmel se und nehm sick de Melkpackung ut'n Köhlschrank. Wenn Oma schnacken de, weer datt immer in'ne Mehrtohl, denn Opa seet in Gedanken immer noch mit an'n Disch. De weer hier gor nich wechtodenken. „Glieks wööt wi doch erst mol kieken, watt dor denn so in'ne Weltgeschichte los ist. Jo, recht, de Nohrichten! Wo loot is datt denn?"

Afwesselnd keek se op ähre Armbanduhr und hoch noh de Köökenuhr. De ole Standuhr ut de Stuuw meldete sick wie op Befehl. Halv säben!

Se hol' sick'n Beeker ut de Burt' und nehm de Melk van' Herd. Währenddessen stunn se mit datt Gesicht noh 't Fenster, watt op'n Hoff ruut wieste. Wie selbstverständlich keek se af und to uk mol noh buten. De Sünn ging woll all ünner, denn de Schatten wurrn aal länger.

„Hönnig mött dor noch rin!" Se holte datt Hönnigglas ut'n Köökenschrank, nehm 'n Löpel ut denn Uttooch und de sick'n gehäuften Löpel Hönnig in de Melk.

Bevör se sick hensetten de, probeerte se erst mol und nehm 'n kräftigen Schluck ut de Tass'. „Mmmh, lecker! So nu is ober Fierobend!" nehm denn Beeker hoch und woll sick an'n Disch setten.

Mit een Riesenknall und Scheppern full de Tass vull heeter Melk op denn Footbodden. Oma stunn wie anwuddelt vör den Disch, op denn se jüss de Tass afstellen woll. Se keek to datt ole Sofa, watt dor in'ne Eck stunn und konnt gor nich glöwen, watt se dor seech.

De heilige Geist weer dor anschienend in'ne Köök, so keek Oma jedenfalls. Ähr grötttste Wunsch weer soeben in Erfüllung gohn. Dick und breet leeg dor op't Sofa Koter Moritz.

De harr sick, van Oma unbemarkt, dör de opene Dör in't Huus schleeken, weer op datt ole Sofa sprungen und schnurrte nu tohoopdreiht boben op datt dicke Kissen.

„Moritz, du alter Räuber", Oma weer ganz ut'n Häuschen. „dich hatte ich ja völlig vergessen! Nun komm schnell, nein, Halt, bleib noch liegen, erst einmal muss ich ja die Scherben zusammenfegen und den Boden aufwischen, sonst schneidest du dir noch die Pfoten auf und das wollen wir doch nicht, oder?"

Se holte Bessen, Emmer und Feudel und wischte denn Footbodden. Moritz leg derweil immer noch op datt Sofa und weer ganz opgereegt, at Oma mit'n Feudel öwer'n Bodden wischte, hen und her, hen und her. In'n glieken Takt zuckte uk sien Steert, so konn man erkennen, datt he oppasste.

Nu weer erst mol de Koter dran, doch anners at sonst kreeg he vandoogen ganz normolet Katzenfooer. Bäter at gor nix, hett he sick woll dacht und putzte alln's bit op'n letzten Krömel op.

Oma harr sick datt in'n Sessel gemütlich mokt. An Fernsehen und Melk mit Hönnig weer nu jo gor nich mehr to denken. „Nu hepp ick datt doch woll wunn', em an datt Huus to gewöhnen. Fein!" Se keek denn Koter bi't Fräten to und freite sick, datt em datt woll good schmecken de.

Gottseidank, jedenfalls vör Moritz, stunn immer noch de Huusdöör open. Denn nu, nohdem he datt Fräten verputzt harr, schleek he wor noh buten. „Na, wirst wohl noch dein Geschäft machen müssen? Na, denn geh man. Kommst ja gleich wieder?!"

Oma weer öwerglücklich. Endlich haar se jemand, denn se versorgen kunn. Haar endlich 'ne Opgoow, för de sick datt lohnte, to läwen.

Oma Herta hett an dissen Obend noch lang op Moritz töwt. He keem nich. He keem nich an nächsten, nich an ö-wernächsten und uk nich an'n öweröwernächsten Dag. He weer eenfach wech und verschwunden.

Dormit weer Omas Hoffnung op denn Nullpunkt an-langt. So seet se manchmol obends vör't Huus und keek. Nix. Moritz weer wech. Se keek de Stroot entlanges. Nix! Se hung lüttje Zettel an de Bööm und an'ne Hüüs. Nix! Se keek dör de Grobens und ünner de Büsche. Nix! Viellich weer Moritz jo unner't Auto komen. Viellich, viellich, viel-lich! Moritz weer ganz eenfach wech!

So circa fief bit sess Wäken weern sietdem in't Land gohn. Oma weer jüss dorbie, ähr Fohrrad ut'n Schuppen to holen. Se moss Inköpen und dor weer datt to Foot doch 'n bäten wiet in't Dörp. De Tasch öwer denn Lenker gehangt und los gung't. Kort, bevör se in't Dörp keem, seech se all van Wieten 'ne doote Katt an'n Strootenrand legen. „Ob datt woll Moritz ist?", dacht se so und ähr Hart fung wir rosend an to schlooen.

Nu keem se watt dichter ran und kunn to ähre Erleichterung sehn, datt datt doch nich „ähren" Moritz weer. Datt weer ganz offensichtlich 'ne Katt, de van'n Auto doodföhrt wurden weer. „Gottseidank," seggte se leis und dormit weer de Sook för Oma erledigt.

Twee Dog loter. Se harr de Katt an'n Strootenrand all wor vergäten. Se weer jüss in'ne Köök, um sick datt Obendbrot vörtobereiten. Wor stunn se dor, haar sick jüss 'n poor Zwiebelringe afschneern, um sick datt Tomotenbrot to garnieren. So bi de Arbeit keek se af und to uk mol noh buten, wie man datt äbend so mokt.

Anfangs dacht se all, se harr Halluzinationen. Doch nu leet se alln's stohn und leegen und leep noh buten. Dor mitten op'n Hoff seet doch wohrhaftig Moritz. Doch nich alleen, ne, ne! Veer lüttje Kattenkinner haar he bi sick. Offenbor weern datt all siene Kinner, denn wecke Koter schleppt denn all mit fremde Kinner dör de Gägend? Woll kien een!

Oma stutzte. Wo weer de Kattenmutter? Nu schoot ähr de öberfohrene Katt wor in'n Kopp. Weer datt etwa de Mutter van de Lüttjen wähn? Datt weer woll so!

Se stürmte in'ne Köök, holte de olen Teller ut'n Schapp, suuste at so'n geölten Blitz rin in de Spieskoomer, dor stunn nämlich immer noch datt Kattenfooer, nehm denn Dosenöffner, mokte de Döös open und haar sick dorbie doch totsächlich noch fast an den scharpen Rand schneern.

Denn ganzen Inhalt van de Döös de se op'n Teller und leep dormit noh buten. Nich mol'n Zentimeter harr'n sick de Fief in de Twüschentied röhrt. Immer noch an de selbe Stell' töwten se op't Äten, watt Oma ähr bringen scholl. Doch de behol denn Teller in'ne Hand, stunn in'ne

Dör und reep: „Kommt, meine Kleinen! Ihr könnt alle in den Stall! Kommt her. Mmmh, lecker Essen! Kommt."

Is datt nich'n fein't Ammerländer Burenhuus?

Denn Anfang mokte Moritz, de nu jo wuss, datt he in ditt Huus nix to'n fürchten harr. De Lüttjen trotteten tollpatschig aster em an in de Waschköök, wo Oma denn Teller op denn Bodden stellte. Natürlich weern de lüttjen Katten scheu, denn at Oma sick eenmol bögte, um de Lüttjen to streicheln, suusten se alle veer in irgendwecke Ecken. Blot Moritz nich, de blew dor in aller Seelenruh sitten und freet.

Af dissen Dag blewen de Katten in't Huus, uk Moritz. Hier harr'n se nu ähr Tohuus. Mit de Jungkatten duerte datt so an de twee Wäken, bit se sick an de nee' Umgäbung gewöhnt harr'n.

Denn tobten se dör Huus und Gorten und endlich weer wor rechschom't Läben in't Huus. Denn Dag öwer seeten de Lüttjen geern in'ne Blomenbeete, leegen in denn warmen Mullsand und sünnten sick.

Nachts leegen se alle in de olen Kortuffelkiste, de Oma in'n Stall trechtmokt harr. Eenige ole Säcke und Däken harr se dor rinleggt, so datt de Katten datt fein warm harr'n.

*  *  *

Datt weer so mit de Tiet all woll bold Haars't wurrn. De ersten Vögel harr'n sick all op'n Weg in'n Süden mokt und datt Loov full all van de Bööm rünner. Trotz de Afgeschiedenheit, in de Oma hier wohnte, föhrten hier op disse schmole Stroot, de bold unmittelbor direkt an'n Hoff vörbieführte, an'n Dag so'n poor Autos. Viellich mol'n Buur, de noh't Dörp hen moss, viellich mol de Tierarzt, irgendwecke Vertreter oder anner Lüe und, man mag datt bold nich för möglich holen, vandoogen harr datt all de tweete van de jungen Katten erwischt. Irgendjemand haar se doodföhrt.

Oma holte denn, wie bi de erste Katt uk, de Schüpp ut'n Stall und verbuddel de Katt an de selbe Stell, wo se uk de erste vergroben harr. Se harr dorbie gewaltig Pien in'ne Seel' ober watt scholl se denn moken? Se kunn de Katten doch nich denn ganzen Dag inspeeren!

*  *  *

Nu leewte Moritz man blot noch mit twee van siene Kinners hier op'n Hoff. Bit so circa Anfang Oktober. Denn passeerte watt ganz merkwürdiget. Datt Schicksol schlog de nächste Siet van't Läben op.

Moritz haar wor mol to „siene" Tiet op'n Hoff seeten. Miau, reep he ganz luut. Denn Kopp in'ne Luft seet he dor und kreihte at so'n olen Hohn. Oma Herta haar ditt Ropen vernoomen und gung noh buten. Irgendwatt woll Moritz van ähr.

At de nu Oma komen seech, leep he los, bit an'ne Huuseck'. Dor blew he sitten, dreih sick um und keek, ob Oma woll asterankomen de.

De leep em noh. Moritz gung genau bit to de Stell', wo Oma siene beiden Kinner vergroben harr. Dor sette he sick hen, keek in'ne Luft und miaute und weente. Denn keem he noh Oma röwerlopen, streek ähr um de Been und schmuste at so'n Jungkatt. Und uk dorbie miaute he gewaltig luut.

Nohdem Oma em streichelt und knuddelt harr, leep Moritz rin in Stall, dorhenn, wo siene beiden annern Kinner schleepen. He sprung uk in de Kortuffelkiss', sett sick hen und miaute uk hier ganz luut. Oma weer em asternoh komen und verstunn sien „Theoter" nich. Se schüttkoppte. „Moritz, was hast du denn?", frogte se, wiel se sick Sorgen mokte. De ober leggte sick nu in'ne Eck, dreihte sick in und schleep.

***

De nächste Morgen. Oma stellte nee't Fooer in'ne Waschköök. Bestimmt würden de Katten furs komen. Je nohdem de Katten nachts op Muusjagd gohn weern oder nich, harr'n se morgens gewaltig Schmacht. Manchmol allerdings verschleepen se uk datt Fröhstück. Nu ober, at Oma mit de Gobel an den Futternapf klappern de, keem erst de lütte Koter „Mini" und denn uk de lüttje Katt. Blot Moritz nich!

„Der hat heute wohl keine Lust, diese Schlafmütze!". Oma Herta de so, als schimpte se. „Moritz", reep se noch mol. „Moritz, nun komm, die Kleinen fressen dir alles weg, wenn du dich nicht beeilst".

Dor bewegte sick nix. „Da muss ich doch erst gucken, wo unser Moritz bleibt", seggte se und gung in denn Schuppen, wo de Kortuffelkiss' stunn. „Moritz, du alte Schlafmütze!".

Oma stunn at versteenert vör disse Kiss'. Ähr steek 'n dicken Kloß in'n Hals. Moritz leeg dood in'ne Eck. Datt seech so ut, at schleep he, so friedlich leeg he dor.

Oma weente ganz bitterlich. De Tronen kullerten ähr man so rünner. „Moritz, mein lieber Moritz, was machst du denn?" Se bögte sick und nehm ähren Moritz ut de Kiste ruut.

Nu erst schooten Oma Herta sien Tööch van güstern Obend wor in'n Kopp. Klor, he hett sick bi alle bedank, vör allen Dingen bi „siene" Oma Herta, van siene Kinner hett he sick verafscheed und van de Welt und ist denn ganz eenfach sturben.

Oma hett Moritz an'n glieken Dag noch beerdigt. In ähre ole Wäschekiss', de se all siet langen nutzlos in't Schlopzimmer stohn harr. Inwickelt in so'n fein't witt' Linnendook wurd he in disse Kiss' leggt und direkt näben siene Kinner in'n Gorten vergroben.

At wie bi so'ne rechte Beerdigung sung Oma 'n lüttjet feierliches Leed dorbie und at Teeken van ähre Trauer haar se uk denn schwarten Pullover öwertrucken. För se weer jüss eben „ähr" Opa Hermann datt tweete Mol sturben und datt de ähr duppelt weh.

***

Ick seh nu all in'n Gedanken eenige van jo öwer disse Geschichte smüstern und lachen. Ick much ober woll gliektietig betonen, dass sich datt so afspeelt hett, so at hier beschreeben.

Fast weer uk ick, at ick disse Geschicht´ schreeben hepp, anfungen to weenen, so dull harr ick mi wor dor rinsteigert und de Geschicht´ datt tweete Mol dörleewt.

Doch disse wenigen, de öwer disse Geschichte lacht, much ick woll seggen: Minsch wään und uk mol weenen köönen ist unwohrschienlich schön!

Vandoogen übrigens schmückt disse Stell´ in Omas Gorten een Holtkrüüz. Inbrennt dorup steiht:

**„Hier ruht mein geliebter Moritz. Mein Ein und Alles. Mir war er mehr wert als viele Menschen".**

*** 

### De grode Wunsch!

So bannig veel wünsch ik mi nich,
blot man so lüttjet bäten,
watt mi so in´ne Oogen stich,
datt woss woll ganz geern wäten?

Datt is ´ne Klock, de in us schleit,
de wünsch ik mi so sehr,
so´n ganzen bäten Hartlichkeit,
blot ditt een Deel und gor nich mehr!

## Watt givvt datt ditt Johr woll to Wiehnachten?

Nu is datt bold wor Wiehnachten. Ob datt denn ditt Johr woll Geschenke givvt so at letztet Johr? Ich glöw datt nich, denn soveel Geld bringt Mudder uk nich mit noh Huus mit ähre Putzeree. Datt ganze grode Huus van den Grafen von Eelen bringt se immer op Vordermann und holt datt Anwesen sauber. Datt ganze Johr. Jeden Dag mött se dorhenn und wenn se denn loot obends wor in'n Huus is, legg se sick furs henn und schlöppt, so kaputt is se van disse Arbeit.

Us Vadder, de is nu jo all bold dree Johr ohn Arbeit. Entloten wurrn is he tohoop mit all de annern Arbeiters, at de Werft dichtmoken de. Obwoll he datt all oft versöcht hett, ne nee'e Arbeit to kriegen, hett datt bit nu nich klappt. He is viellich uk all'n bäten to old dorför, obwoll he jo man jüss föftig Johr old is. So is nu mol use verdreihte Welt!

Also watt datt woll nix mit de Geschenke van't Johr? Nojo, datt mokt mi ober gor nix ut, denn ick hepp jo all mien Geschenk krägen. Ji glöwt datt nich? Jo, furs bi miene Geburt wurd mi datt Geschenk öwerreicht van de Hebamm'. De hett mi domols nohmen und hett mi mien „Geschenk för't Läben" wiest.

Miene Öllern!

Mien Vadder und Mudder sind mi nämlich veel, veel leewer at all de ganzen Geschenke, de wie so in usen Konsum- und Kooprausch, wo wi us Johr för Johr rinsteigern doot, tohoopdrägt. So sind mi de Beiden uk datt leewste Geschenk, watt de leewe Gott mi gäben kunn.

# Mien leewe Wiehnachtsmann.

Mien leewe, leewe Wiehnachtsmann!
Ick wünsch mi watt so sehr,
so bannig lütt ick nich veel kann,
drum wünsch ick mi uk noch watt mehr.

Ick wünsch mi, datt du Mudder mokst,
för alle Johr und Tiet gesund,
datt se de Krankheit schafft und wookt,
und mol so recht wor lachen kann.

Se hett datt stur so Dag för Dag,
mit ähre Pien und schlimme Keelt,
se manchmol gor nich lachen mag,
föhlt sick nich wohl op disse Welt.

De Krebs wöhlt dor watt in ähr rum,
wieso denn bloot, wieso?
De Froog suust mi in'n Kopp watt rum,
oh, wöös ick't bloot, denn weer ick froh!

Nu koom man, leewe Wiehnachtsmann,
und änner ähr Gedanken bloot,
datt se nu kummt wor opp'n Damm
nu geev ähr man denn rechten Moot.

Mien leewe, leewe Wiehnachtsmann,
ick schriew di nu hier ditt Gedicht,
ick hepp man bloot denn eenen Wunsch,
mehr will ick uk doch van di nich.

## Nohwurt

So, nu sind wie an'n En'n mit ditt Book. Ick hoop insgeheim, datt jo de Geschichten so'n lüttjet bäten gefullen heppt. Mien Ansinnen weer, jo bi datt Läsen so'n bäten to'n lachen to bringen und ick hoop, datt hepp ick wunn'. Wenn jo, denn freit mi datt.

Wer sick allerdings an miene plattdütsch Schriftwies' stött, denn much ik seggen, datt ik datt ganz bewusst so mokt hepp. Veele, veele Minschen in us Land schnackt woll platt, ober mit datt Läsen van't Platt is datt nich so dull. Is jo uk gor nich so eenfach, geew ik jo to.

Ut dissen Grund hepp ik veele Wöör so schreben, wie man se schnackt. At Bispill füg ik immer datt Wurt „oft" an. In hochdütsch „oft", in plattdütsch „foken" und schreben watt datt „faken"! Mokt jo man sülms em't Gedanken!

Nähmt jo noch eens to Harten: Lachen is gesund und so'n bäten Gesundheit jeden Dag is allerbest!

Bliewt sauber!

*Egon Oetjen*